Por Que Portugal?

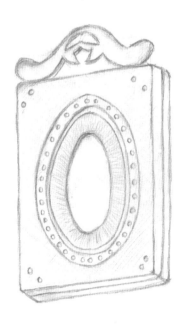

Por Que Portugal?

Denise Martinho Eid

M. Books do Brasil Editora Ltda.

Rua Jorge Americano, 61 - Alto da Lapa
05083-130 - São Paulo - SP - Telefones: (11) 3645-0409/(11) 3645-0410
Fax: (11) 3832-0335 - e-mail: vendas@mbooks.com.br

Dados de Catalogação na Publicação

Eid, Denise Martinho
Por Que Portugal? / Denise Martinho Eid
2007 – São Paulo – M.Books. do Brasil Editora Ltda.

1. Literatura juvenil

ISBN: 978-85-7680-020-0

© 2007 Denise Martinho Eid.
Todos os direitos reservados. Direitos exclusivos cedidos à
M.Books do Brasil Editora Ltda

EDITOR
MILTON MIRA DE ASSUMPÇÃO FILHO

Produção Editorial
Salete Del Guerra

Revisão de Texto
M. Carvalho

Capa
Design: Revisart
Foto do Medalhão: Ana Maria Lottenberg
Foto da Autora: Luiza Ikeda Castaldelli

Ilustração do Medalhão
Maria Fernanda Vidal Arellano

Coordenação de Gráfica
Silas Camargo

Editoração
RevisArt

2007
Proibida a reprodução total ou parcial.
Os infratores serão punidos na forma da lei.
Direitos exclusivos cedidos à
M. Books do Brasil Editora Ltda.

A

Marco Antônio e Isabella, sempre.

Nelson e Adair, com os quais aprendi o valor das raízes.

Roseana, Sidney e Márcio.

Patrícia, Júlia, Thiago E. e Thiago C., primeiros ouvintes de minhas histórias.

Abel e Ana, que tanta falta fazem, e a todos os seus filhos, netos e bisnetos.

"Verba volant, scripta manent".
(As palavras voam, o escrito permanece).

Nota da Autora

Neste livro, em especial nos diálogos dos jovens, evitei intencionalmente, e na medida do possível, o uso de termos de gíria. Estes, amantes infiéis da Língua Portuguesa, vivem a abandoná-la sem qualquer consideração e na velocidade do mundo digital. Prefiro deixá-los livres e inconstantes, como manda sua natureza, para freqüentarem com desenvoltura o vocabulário cotidiano.

Sumário

Prefácio..11

Capítulo 1
    A partida..13

Capítulo 2
    Lisboa, porto dos corajosos e a história do medalhão........21

Capítulo 3
    Pastéis, carruagens e um belo rapaz................................33

Capítulo 4
    O castelo, a alfama e o fado...45

Capítulo 5
    Catarina de Portugal, o chá e uma surpresa....................54

Capítulo 6
    Peixe víbora e notícias de última hora.............................64

Capítulo 7
    A bela Inês de Castro e amores impossíveis....................72

Capítulo 8
    Previsões de uma velha senhora e o silêncio do santuário..80

Capítulo 9
    Capital do amor em Portugal..87

Capítulo 10
    Juras, despedidas e nova jornada...................................98

Sumário

Capítulo 11
    A fonte da aldeia 108

Capítulo 12
    O Cometa Halley, o fim do mundo e duas crianças 117

Capítulo 13
    Saudade, imigração e destino 125

Capítulo 14
    Adeus! 132

Anotações de viagem de Layla 138

Prefácio

Este é um livro importante para se conhecer Portugal e para muitos brasileiros se reconhecerem em Portugal. A autora faz, com sua preciosa narrativa, delicado convite para o retorno às raízes. "Só corajosos inauguram horizontes". Partida e retorno objetivam a navegação pelo mar calmo ou agitado da vida, gravitando sonhos, desejos e frustrações.

Ana Clara e Layla; o velho e o novo continente; o passado e o presente; foz do Tejo e porto de Santos; Videmonte e São Paulo. Tudo carinhosamente habita a memória, que se sabe poderosa em sua atemporalidade. Hoje é partida e retorno. Aldeia ou metrópole, não importa! A terra natal é sempre o verdadeiro porto seguro, nossa principal referência, nosso Norte interior. Lugar dos afetos e desafetos, vaidades e ambições heróicas. Muitas vezes, é o local sagrado das primeiras descobertas profanas. A procura das raízes traz à tona antigas reflexões, idéias que "martelam" de tempo em tempo cada cabeça no mergulho para dentro de si.

"Agora, é nossa vez de cruzar o oceano." Cruzar o oceano nos coloca frente aos arquétipos mais primitivos, por meio dos quais adquirimos consciência de nossos limites e potencialidades, muitas vezes desconhecidas.

O livro desenvolve-se entre apelos históricos e turísticos, que convidam o leitor a mergulhar na narrativa, utilizando-se do inefável veículo da ficção. No belo contexto de uma viagem através do tempo, uma adolescente, ao percorrer terras lusitanas, percorre também a história de Portugal e de seus ascendentes. Caminhos que se cruzam no âmbito do eterno

Prefácio

retorno e identificação com o já conhecido, na textura fina das recordações.

A herança cultural (ou herança psicológica) sempre deve ser considerada para a compreensão do humano em sua irredutível singularidade. Em cada pessoa, a nova e a velha geração determinam influências perenes, percebidas somente pelo observador pleno de sensibilidade alicerçada no autoconhecimento.

Em doídas recordações e esperanças que o tempo traz aos movimentos do coração, no compasso marcado por amor e ausência, nossa heroína despede-se de Portugal. O tempo da saudade nunca quis, nem quer morrer.

Dr. Carlos Roberto Aricó
Médico psiquiatra, psicanalista, professor e escritor.

Capítulo 1

A Partida

Só corajosos inauguram horizontes.
Manhãs e aventuras não cabem em quintais.

⁂

Tudo começou naquela quarta-feira de janeiro. Estranho, nada tem o hábito de começar nesse dia da semana. Porém, foi exatamente assim. O telefone tocou e o pai de Layla conversou por dez minutos. Ao desligar, sentou-se com a filha e a esposa para o café da manhã. Estavam em férias, e essa refeição podia ser apreciada com calma pela família. Foi, então, que André disse muito animado:

— Vamos para Portugal!

A menina, de vivacidade contagiante, deu um pulo. Não, não foi de alegria... foi de espanto. Portugal? Por que Portugal? Não sabia se ficava contente ou não. Afinal, o que havia naquele país para divertir uma garota de 14 anos (faria 15 dentro de um mês)? Não seria mais interessante ir à praia? O ano inteiro estudando em São Paulo, morando em prédio, sei lá, talvez aproveitasse muito mais.

Os pensamentos de Layla foram interrompidos pela mãe. Feliz da vida, Maria Isabel deu um enorme sorriso e beijou o marido.

Por Que Portugal?

— Eu nem suspeitava. Você fez tudo de surpresa. Como vai ser? Quando vamos viajar? Onde vamos ficar? Quanto tempo de viagem?

As perguntas eram tantas que André divertia-se em não as responder imediatamente. Layla continuava de boca aberta, embora dela não saísse som algum. Sentou-se, esperando para ver o que aconteceria em seguida. Balançava levemente os longos cabelos castanhos e, de maneira lenta e automática, passava requeijão no pão. Parecia estar ausente, vendo a cena de longe, sem participar dela.

Após o que pareceram ser longos e torturantes minutos, André falou. O sorriso nos lábios denunciava que tinha conseguido provocar exatamente a reação desejada na esposa.

— Vamos partir na semana que vem. Acabei de acertar os últimos detalhes e confirmei tudo por telefone com Lúcia.

A tia de Layla trabalhava com turismo, vendendo pacotes de viagem. Ela conseguira preços muito bons de passagem, uma vez que janeiro não é temporada de férias em Portugal, pois a Europa está no meio do inverno.

— Ah, aquela traidora. Sabia de tudo e nada me revelou. Vocês dois conseguiram me enganar direitinho. Mas, conte logo, como vai ser? Quero os detalhes; estou morta de curiosidade — dizia Maria Isabel, agitando a xícara de café e espalhando gotas pela mesa.

A alegria da jovem senhora tinha um motivo muito especial. Seus avós paternos, embora tivessem se casado em São Paulo, eram portugueses. Ela sempre tivera o sonho de conhecer o país desses antepassados, que vieram para o Brasil naqueles navios de imigrantes, no começo do Século 20. O avô Antônio chegou, em 1916, com o pai. A avó Ana Clara, aos 19 anos, com primos. Ambos nasceram em 1900, ou seja, tinham a mesma idade. Era tudo o que Layla sabia sobre os bisavós.

A Partida

Maria Isabel descendia também de italianos. Como enorme parcela da população paulistana, ela era uma mistura bem temperada de duas das nacionalidades que formaram e deram vida à maior cidade da América do Sul, que tem 11 milhões de habitantes. Costumava dizer que o burburinho agitado dessa megametrópole era a voz, tão brasileira, da soma de diferentes etnias, nacionalidades e povos.

André informou que ficariam cerca de 10 dias.

— Vamos conhecer principalmente Lisboa e as cidades nos arredores, e passaremos em Coimbra. Teria muito mais o que ver, mas ficará para outra viagem. Portugal é um país de muitos encantos. Precisaria ser visto com calma. Entretanto, não terei mais do que isso de férias.

Depois de uma pausa estudada, completou:

— Não se preocupe, Maria Isabel, a Guarda está incluída no roteiro.

Ele sabia que a mulher estava ansiosa para saber se iam à terra natal de seus avós.

— Parece um sonho, não é, Layla? Temos de nos apressar para arrumar tudo.

Em meio a toda aquela agitação, nenhum dos dois percebeu que a garota continuava muda. Na verdade, em sua cabecinha encontravam-se vários pensamentos contraditórios. Emoções não identificadas. Ela, é claro, gostava de fazer turismo. Seria sua primeira viagem internacional. Estava muito feliz com isso. Contudo, uma pergunta não queria calar:

— Por que Portugal? — pensou.

Ela sempre imaginou que, talvez, fosse um dia aos Estados Unidos, em Orlando, ou na Califórnia (ver os artistas e cantores favoritos). Preocupou-se em não parecer mimada e mal-agradecida. Sabia o quanto o pai tivera de se esforçar para conseguir fazer a viagem. Quem sabe Portugal, afinal,

Por Que Portugal?

fosse interessante. Ela empenhava-se em encontrar uma boa razão para a escolha.

— Layla, dá a impressão de que você não gostou da notícia. Está tão muda! — exclamou André, surpreso.

— Ah, que nada! Gostei muito. Vai ser muito legal ver todos aqueles... bom... conhecer os... visitar as... Querem saber? Para dizer a verdade, não tenho a menor idéia de como é lá. A gente estuda Portugal na aula de história. Grandes navegações, colonização, descobrimento do Brasil, comércio, descolonização e só. Não se preocupem, sei mais do que isso, não perdi meu tempo na escola até agora, mas é só para dizer que, dos portugueses, só conheço alguma coisa da história e a ligação deles com o Brasil. Não sei nada sobre o país, nem como vive seu povo, nem se tem coisas interessantes para se visitar. Sei que temos parentes distantes lá — disparava Layla sem respirar, como se tivesse saído uma rolha de sua boca e jorrassem palavras sem parar.

André interrompeu nessa altura:

— Ah, entendi. Você nem conhece e já acha que não vai gostar... muito lógico — falou rindo.

— Tudo bem; pode ser. Vou repetir, não sei de nada que eu tenha interesse em ver em Portugal. Não me entendam mal, vou gostar de ir. Só fiquei surpresa com a escolha — finalizou, respirando fundo.

— Querida, não precisa ficar tão exaltada — contemporizou Maria Isabel, acrescentando:

— Você, como grande parte dos brasileiros, só vê a ligação do Brasil com Portugal em função do descobrimento e da independência. Saiba que não é bem assim. Os portugueses continuaram a vir para cá após os anos de colonização, muito depois da independência. Alguns vieram por ter aqui laços de parentesco, outros para fugir de perseguições políticas ou religiosas e muitos, procurando por fortuna.

A Partida

Prosseguindo, recordou:

— Por exemplo, seus bisavós vieram com a imigração do começo do Século 20. Naquela época, os portugueses passavam por momentos difíceis em sua economia e política. Muitas famílias, como a sua e de outras nacionalidades da Europa, da Ásia e do Oriente Médio, vinham pra cá em busca de novas oportunidades de vida e trabalho. Isto, sem falar nas migrações internas que ocorrem até hoje em nosso país. Quando dois ou mais povos encontram-se, há interação de costumes, tradições, cultura, ciências e conhecimento em geral. Aqui em São Paulo, temos o que resulta desse encontro.

André, após refletir um pouco, acrescentou:

— Quanto a conhecer Portugal, realmente estou me dando conta do quanto sabemos pouco a respeito de um país tão ligado ao Brasil. Com nossa visão parcial, só nos informamos do que diz respeito a nós mesmos.

Maria Isabel olhava intrigada para a filha e tentava imaginar o que estaria passando em sua cabeça. Parou para pensar que o seu interesse na viagem não era o mesmo da filha. Se tivesse quase 15 anos, talvez também preferisse outra alternativa de férias.

— Layla, pense que teremos oportunidade de ver tanta coisa nova. Entrar em contato com o povo, suas tradições, costumes e modo de vida atual. Sentir aromas e gostos. Viver de um jeito diferente por dez dias. Como se a gente fosse de lá. Descobrir em cada esquina a paisagem esperando por ser desvendada. Conhecer gente nova. Acho que será uma ótima oportunidade para todos nós, inclusive para mim — disse pensativa.

— Sugiro uma viagem de volta. Vamos imaginar que percorreremos o caminho inverso dos nossos antepassados. Agora é a nossa vez de cruzar o oceano. Vamos descobrir Portugal!!

Por Que Portugal?

Layla, em parte para não desagradar a mãe, disse que talvez fosse uma boa idéia. Não havia abandonado por completo os pensamentos relativos ao turismo em parques temáticos, mas, para ser honesta, até que não era ruim. Afinal de contas, iria ao Exterior, à Europa. No mínimo, compraria algumas coisas bonitas.

Romântica, como boa parte das adolescentes nessa idade, Layla também tinha apreciado a hipótese de se aventurar em um local do qual não tinha referências. A idéia de fazer o caminho inverso dos antepassados mexeu com sua imaginação. Nunca havia parado para pensar nos bisavós. Era um assunto tão distante. O que teriam feito? Na verdade, quem e como seriam?

Mais tarde, procurou fotografias e as olhou demoradamente. Em quase todas, o casal de velhinhos, rodeado pela família, sorria tranqüilo, com o conforto dos que não se preocupam mais se vão sair bem nas fotos. Tinham um não sei quê de tranqüilidade e vida bem realizada. Antônio, muito alto, pele morena, olhos profundos e negros. Ana Clara, baixa, rechonchuda, cabelos brancos, pele rosada, olhos claros e espertos, rosto delicado. Posavam bonitos juntos.

Maria Isabel, ao ver a filha examinando as fotos, aproximou-se e disse:

— Layla, Portugal guarda um pedaço do seu passado, tanto como brasileira, quanto como minha filha: como brasileira, por causa da ligação óbvia de nosso país com Portugal; no que se refere a mim, em razão da herança cultural que transmiti a você. Não estou me referindo às características herdadas de pais e avós biológicos. Mesmo quando não existem ligações genéticas, quem nos cria durante a infância e adolescência nos transmite uma herança cultural, que se integra à nossa história pessoal de vida. Você recebeu isso tanto de mim quanto de seu pai. Será interessante conhecer melhor

A Partida

uma parte desse legado. Por isso, acredito, você vai apreciar a viagem.

Nos dias seguintes, pode-se adivinhar a confusão. Fazer as malas foi uma das tarefas mais difíceis. Imaginem alguém, sob um verão de 30 graus centígrados à sombra, tendo de separar o que levar para um lugar no qual a temperatura média esteja girando em torno de seis graus centígrados. A gente sente arrepio só de pensar em colocar aquela blusa quentíssima que está na nossa frente. Parece impossível que em outro local esteja um congelador capaz de nos fazer usar aquele agasalho.

Foi um tal de emprestar casacos dos primos, comprar luvas de couro, desenterrar os gorros e meias de lã do fundo das gavetas. Ainda bem que paulistano está relativamente preparado para o frio. Afinal, tem, às vezes, as quatro estações do ano em um dia só. Maria Isabel não esqueceu de comprar algumas lembranças. Se encontrasse alguns parentes, poderia presenteá-los. No final, pareciam bagagens de quem ia passar quatro meses fora.

Enquanto fazia as malas, Layla pensava no quanto deveria ter sido difícil para os bisavós sair de sua terra, deixando amigos, a família e muitas de suas coisas para trás, com a diferença de que haviam partido para sempre. Não sabiam o que iriam encontrar aqui. Não tinham internet, telefone, nem avião para dar meia-volta.

Sua mãe dissera que saíram da cidade de Lisboa. A viagem de navio durava em torno de quinze dias. As cartas, única maneira de correspondência, também vinham pelo mar e demoravam uma eternidade. Durante a viagem, ficavam em alojamentos precários e desconfortáveis nos navios. Será que algum parente foi encontrá-los no porto de Santos, na chegada? Como eram corajosos, pensava.

Por Que Portugal?

Finalmente, chegou o dia do embarque. Todos no aeroporto "Governador André Franco Montoro" (por que ninguém chama o aeroporto de Guarulhos pelo seu nome correto, como fazem com os outros?).

A família veio para as despedidas. Layla, agitadíssima, estava bonita com seu jeans preto e camiseta de grife lilás. O toque de elegância ficava por conta do casaco de lã pendurado no braço e da frasqueira violeta (ela fazia questão, pois sempre vira em filmes mulheres elegantes carregando frasqueiras no aeroporto).

Beijos, abraços, os avós emocionados, tios carinhosos e os primos barulhentos em sua volta, fazendo gracinhas (um deles jurava que tinha acabado de ver o vocalista da banda favorita de Layla passando pela porta da Polícia Federal, e só ela não havia percebido). Depois do tradicional cafezinho ao lado da revistaria, hora de entrar. Novamente, a garota pensou em seus bisavós deixando sua terra natal, só que para sempre. Uma emoção à parte foi mostrar o passaporte pela primeira vez no guichê da Polícia Federal. Parecia que já estava um pouco fora do Brasil.

A viagem foi longa (nove horas e meia). No avião, depois de jantar, Layla assistiu ao filme (ficou surpresa por ser um que estava passando no cinema e ela ainda não tivera a oportunidade de ver). Depois, enquanto muitos passageiros já começavam a dormir, Layla não sentia a menor vontade de pregar o olho. Era toda pensamentos relativos ao novo destino. Acabou por cochilar bem mais tarde. Despertada pela comissária de bordo anunciando o café da manhã, Layla ajeitou-se, foi ao banheiro se preparar para o desembarque, quando finalmente ouviu:

— Senhores passageiros, dentro de alguns minutos iremos aterrissar em Lisboa.

Capítulo 2

Lisboa, Porto dos Corajosos, e a História do Medalhão

O peito enche-se de ar, como velas,
Dando fôlego aos viajantes.
Hão de segurar firme o leme,
Ter em mente o rumo e
Confiar sua vida ao mar.

༺❦༻

O céu estava tão limpo, claro e sem nuvens que, da janela do avião, se podia ver no mar o desenho da costa de Portugal. O comandante avisou que eram 11 horas e a temperatura local era de 9 graus.

— Este é o pedaço de terra mais ocidental da Europa. O lugar de onde os navegadores portugueses saíam rumo ao caminho das Índias e América do Sul — disse Maria Isabel à filha, que olhava maravilhada pela janela.

— Está vendo aquele grande rio que desemboca no mar? É o Tejo. As caravelas partiam da margem norte de seu estuário, na cidade de Lisboa, a 17 quilômetros do mar, seguindo em direção ao Oceano Atlântico.

A bordo da caravela do Século 21, com asas e turbinas no lugar de velas, a família de navegadores modernos apertava

Por Que Portugal?

os cintos e se preparava para a aterrissagem. Layla sentiu um frio na barriga ao imaginar os bisavós aportando em Santos e o medo que deviam ter sentido. Ou não; talvez estivessem tão ansiosos quanto ela para conhecer o que os esperava.

Layla, neste exato momento, começava a história inversa, ou seja, o retorno da família a Portugal. Em seu coração, a mesma força daqueles corajosos migrantes, que partiram de sua terra para não mais voltar. Gostou de pensar que, de certa forma, eles retornavam um pouco com ela agora. Sentiu, sem saber o porquê, que descobriria algo sobre ela própria e a história da família. Uma sensação estranha e familiar ao mesmo tempo. Ela decidiu fazer um diário da viagem e registrar o que achasse mais interessante.

— Layla, deixe eu te mostrar uma coisa — começou a dizer Maria Isabel, interrompendo os pensamentos da filha.

— Lembra daquele medalhão de ouro quadrado que eu tenho? Aquele que abre e se pode colocar fotos dentro — explicou.

— Sei, mãe! Era de não sei quem... muito antigo. Herança de família; ficou pra você. Acho bonito, mas um pouco exagerado de grande e muito "rococó" para meu gosto. Você quase nunca usa; só em ocasiões especiais. O que tem ele?

— Era de sua bisavó. Já tinha sido da avó e da mãe dela. Dá para ter idéia do quanto é antigo. Estou falando de 170 anos. Conforme a tradição de nossa família, no momento certo, vou dá-lo a você. Pois bem, o medalhão, na verdade um relicário, viajou no navio com minha avó para o Brasil. Quando você nasceu, meu pai me deu. Disse que o valor sentimental da peça era muito grande. Agora, traz sua foto e de seu pai, mas não foi sempre assim. Antes, não tinha foto alguma, só um papelzinho velho dentro. Estava escrito: "O oceano não separa um coração inteiro".

— Não sei quem escreveu, nem ninguém da família sabe. Guardei o papel; está atrás da foto de seu pai. Mal se pode ler o que está escrito de tão velho. Por motivos sentimentais, trouxe o medalhão na viagem. Queria que você conhecesse a história. Achei que hoje seria um bom dia para lhe contar.

Layla olhava, agora com mais atenção, para o medalhão. Depois de saber a história, parecia diferente e mais interessante. Era muito trabalhado, com minúsculos desenhos de flores e arabescos.

— Incrível, que coisa misteriosa, ele está voltando ao lugar de origem depois de décadas. Dá um clima todo especial olhar pra ele agora. Tem um passado e tanto.

Aterrissaram suavemente no Aeroporto da Portela, em Lisboa. Primeira etapa da aventura "Descobrimento de Portugal", como Layla acabara de batizar sua viagem.

No aeroporto, não muito grande, mas moderno, a primeira surpresa esperava a garota. Um homem de estatura média, castanho claro e ligeiramente grisalho, levantava uma pequena placa na qual estava escrito "Sr. André". O pai de Layla acenou para o Sr. José, que ele contratara pela internet para buscá-los no aeroporto.

— Muito prazer, meu nome é José. Estava a vos esperar — saudou o português.

Depois das apresentações, o motorista levou-os, para o espanto de Layla, em um carro Mercedes-Benz último tipo. Ela sentiu-se importante. Acontece que, em Lisboa, a maioria dos táxis é dessa marca.

O trajeto até o hotel foi curioso. A cidade de Lisboa, com cerca de 560 mil habitantes, não era nada do que a garota havia imaginado. Ruas e prédios antigos e bem cuidados, contrastando com moderníssimas avenidas e edifícios.

Nas ruas, apesar do sol forte, a temperatura era muito baixa e as pessoas vestiam longos casacos de inverno. Aqui

Por Que Portugal?

e ali, praças bonitas, embora a vegetação estivesse toda seca por causa do frio. Layla achou curioso ver as árvores peladas, a grama seca e quase nenhum verde. No Brasil, pensou, mesmo no inverno, a vegetação é muito verde e raras são as árvores que perdem todas as folhas. Flores, nem pensar, a garota reparou que não existiam no inverno.

— Pois, então, é a primeira vez que os senhores vêm a Portugal? Saibam que tenho primos no Brasil. Estão a morar no Rio de Janeiro. Vivem a me convidar para passar umas férias lá, mas ainda não pude ir — falou José com entusiasmo.

Layla estava achando muito interessante a pronúncia do português e, durante o percurso, notou que sua maneira de falar era mais formal do que a dos brasileiros e o vocabulário ligeiramente diferente. Achou bonito.

José disse que Lisboa era muito mais do que história. Lá havia restaurantes excelentes, atrações culturais das mais variadas, museus de altíssima qualidade, vielas charmosas, muitas áreas verdes (verdes no verão, é óbvio) e vida noturna animada.

Depois de alguns minutos, chegaram ao hotel. Ficava bem em frente ao Parque Eduardo VII, o maior do centro de Lisboa. O nome do parque foi uma homenagem ao rei da Inglaterra que visitou a capital portuguesa no início do Século 20 para reforçar a aliança entre os dois países. Jardins em declive, ao lado de calçadas enfeitadas com mosaicos, um lago e duas estufas dão ao parque um tom majestoso.

Maria Isabel quase não abrira a boca durante o caminho. Layla perguntou à mãe se estava triste.

— Triste não, querida, estou muito emocionada. Minha avó sempre me falava de Lisboa com carinho. Embora nunca tivesse morado aqui, era sua cidade favorita em Portugal. Você sabe, né? A alegria, às vezes, nos deixa sem palavras e pega emprestado o rosto emocionado da tristeza. Saiba que estar aqui com você e seu pai é um sonho antigo. Quando se realiza, não parece real.

Abraçou a filha com ternura.

Layla sentia-se feliz também.

— Mãe, quando vamos comer? Estou com muita fome. Já é quase uma hora da tarde e eu não agüento mais! Esse negócio de viajar é ótimo, mas meu estômago não sabe disso.

Depois, colocaram a bagagem no quarto, que não tinha luxo, mas era muito confortável, e a janela abria para a magnífica paisagem do parque. André resolveu que almoçariam no centro da cidade.

— Podemos ir de metrô. A estação fica aqui na frente.

O gerente do hotel, senhor Manoel, foi muito gentil em indicar como pegar o metrô (em Portugal escreve-se "metro", sem acento). Ficava do outro lado da calçada ("passeio"). Layla percebeu que algumas palavras eram escritas de modo diferente do português do Brasil e outras mudavam de significado. Pensou em colocar em seu diário de viagem uma lista com os vocábulos que significavam outra coisa em Portugal.

A família acabou por dar preferência ao ônibus ("autocarro") que saía da praça Marquês de Pombal, também muito perto do hotel. Assim, veriam melhor a cidade. Desceram pela larga Avenida da Liberdade e chegaram, pouquíssimo tempo depois, à Praça dos Restauradores. A garota sentiu certa familiaridade com a cidade. Talvez por causa da língua, talvez não. Seu estômago estava muito desesperado para deixar a cabeça pensar.

André, que gostava muito de história, contou a Layla que a cidade sofrera um terremoto devastador em 1º de novembro de 1755. O sismo ocorreu em quase todo o país, mas foi Lisboa o local mais atingido.

— Metade da cidade ficou reduzida a escombros. Foram três abalos seguidos, que causaram destruição e muitas mortes. Após o terceiro, começaram incêndios por toda a cidade. Como se não bastasse, mais ou menos uma hora depois, gigantescas ondas foram erguidas no rio Tejo e invadiram Lisboa. Foi como no tsuname, na Indonésia, como você deve lembrar-se.

André explicou que mais de quinze mil pessoas morreram.

— O terremoto afetou profundamente a vida da cidade, que era muito rica e próspera. Alguns, na época, interpretaram o acontecido como ira divina. Escritores, dentre eles o francês Voltaire, fizeram poemas a respeito da tragédia — continuou.

— O rei de Portugal, José I, incumbiu o Marquês de Pombal de planejar a reconstrução da cidade. Ele era um homem prático e iniciou a execução de um projeto de reconstrução, muito moderno, com ruas que saíam da margem do rio Tejo até o Rossio. O sucesso do plano deu ao marquês enorme prestígio.

Layla, André e Maria Isabel estavam parados bem na parte baixa do centro, ou na Baixa, como dizem os portugueses. Tem ruas planas de comércio e é o local mais movimentado da cidade. A Baixa está rodeada por colinas: de um lado, a Alfama; do outro, o Bairro Alto e o Chiado. De quase todo lugar, vêem-se as muralhas do Castelo de São Jorge, na colina da Alfama.

— Está tudo ótimo, mas quando vamos comer? Desse jeito eu não agüento nem chegar ao próximo episódio da viagem!

Layla costumava ficar irritada quando com fome. Bem, e quem não fica? De barriga cheia tudo parece mais interessante.

— Vamos combinar: eu estou gostando de fazer essa, vamos dizer, viagem cultural, ao invés de uma radical. Mas, nada de passar muito da hora de comer. Adolescente tem fome — disse com uma risadinha entre irônica e nervosa.

— Esse negócio de se empolgar com a paisagem e não comer não tem nada a ver comigo — exclamou.

— Olha, como se diz, você é magra de ruim. Nada altera sua vontade de comer, hein! Combinado, vamos parar — riu Maria Isabel.

Ao lado da Praça dos Restauradores, uma ruazinha cheia de restaurantes a preços bastante razoáveis esperava a família. Layla não perdeu o espírito de exploradora e quis experimentar a comida típica. Escolheu no cardápio ("ementa"), sardinhas na brasa, batatas ao murro (cozidas com a casca e abertas com um leve murro) com azeite e bolinhos de bacalhau de entrada. Seus pais comeram aperitivos ("tapas") e espeto na brasa ("espetada") de camarões e meia porção ("meia dose") de arroz.

Mais uma vez na Praça dos Restauradores, muito movimentada, Layla, Maria Isabel e André compraram um guia turístico. Leram que a praça homenageava os mortos da Guerra da Restauração, que libertou Portugal do domínio espanhol, em 1640.

O céu azul convidava a esticar o passeio. Foram em direção a outra praça, o Rossio, onde pombas voavam à procura de migalhas de castanha assada. No inverno, o centro de Lisboa tem cheiro de castanhas assadas, vendidas por ambulantes e suas carrocinhas fumegantes, aquecidas por carvão. A tradição é antiga.

Olharam em volta para investigar a possibilidade de experimentar um doce caprichado. Viram bastante gente entrando em uma das confeitarias, que souberam depois ser uma das casas famosas de Portugal. Era a Pastelaria Suíça (as doceiras chamam-se pastelarias). Não perderam tempo.

Os três comeram com entusiasmo o delicioso doce Maia, uma espécie de pão-de-ló recheado de creme indescritível e fantástico e coberto com suave caramelo. Era absolutamente necessário repetir. Perceberam que as "sobremesas nativas" eram irresistíveis e que o gosto dos brasileiros por doces tinha realmente forte influência portuguesa. Boa surpresa ficou por conta do cafezinho.

— Esse expresso está espetacular, muito bem tirado e o sabor é absolutamente perfeito — suspirava André, que era, como se pôde perceber, um aficionado de café.

Essa afirmação efusiva acompanhou os "descobridores de Portugal" até o final da viagem. A cada expresso quentinho e cremoso, André ressaltava o quanto os lusitanos cumpriam com rigor o ritual de um cafezinho bem tirado.

Layla voltava ao seu estado natural de bom humor. Os longos e lisos cabelos castanhos voavam ao vento leve e frio que varria o Rossio, cujo nome "verdadeiro" é Praça Dom Pedro IV. O sol continuava a iluminar os antigos prédios, e as bochechas rosadas da garota combinavam perfeitamente com o casaco. Olhos amendoados, agora atentos, procuravam por novidades e possibilidades... é claro.

O interessante Rossio é cheio de vida. Lá, pelo que souberam, já aconteceu de tudo. Desde touradas, desfiles militares, festivais, até os horríveis autos-de-fé contra pessoas "hereges", durante a Inquisição, nos séculos 16 e 17.

Foi só então que a jovem reparou na estátua, bem no centro da praça, de um rei imponente, montado em seu cavalo.

— Quem é esse aí?

— D. Pedro IV, de Portugal, que dá nome à praça. Quer saber? Ele é, ninguém mais, ninguém menos, do que o nosso D. Pedro I (imperador do Brasil de 1822 a 1831) — respondeu André, com ares de sabido.

— Ele foi rei de Portugal também?— perguntou Layla.

— Sim. Quando D. João VI, pai de D. Pedro I, morreu em Portugal, em 1826, o imperador brasileiro era, também, o herdeiro do trono português. Ainda no Brasil, Pedro I assumiu a coroa portuguesa como rei D. Pedro IV. Por questões políticas, no mês seguinte, ele passou o trono de Portugal a sua filha (com a imperatriz Leopoldina) Maria da Glória, conhecida como Maria II — prosseguiu André.

— Cinco anos depois, o imperador do Brasil abdicou também do trono brasileiro em favor de seu filho D. Pedro II, de apenas seis anos. Em 1831, D. Pedro I partiu para a Europa. Após passar com sua família pela França, preparou-se, nos Açores, para travar uma guerra contra seu irmão D. Miguel, que fora nomeado regente de Portugal por D. Pedro e, depois, havia usurpado o trono de Maria da Glória, antes mesmo de ela sair do Brasil. Após o que ficou conhecida como a Guerra dos Dois Irmãos, Maria II, então, voltou a ser rainha. D. Pedro I morreu logo em seguida, em 1834.

Em uma das esquinas, compraram um cartão telefônico. Layla sorria feliz por poder falar com São Paulo. Ligaram, de um telefone público, para os parentes que esperavam notícias sobre sua chegada. Do outro lado da linha, todos percebiam a euforia dos viajantes em descrever cada detalhe do que havia acontecido até aquele momento.

Novamente, Layla pensou em seus bisavós. Eles, quando chegaram ao Brasil, nem tinham como avisar imediatamente sobre o sucesso da viagem. Não podiam simplesmente pegar um telefone e ouvir vozes familiares do outro lado. Os parentes certamente ficavam preocupados também.

Pois é, o mundo havia ficado bem menor desde então!

Passaram o resto da tarde a percorrer o centro de Lisboa. De repente, viram um enorme elevador de estrutura de ferro trabalhado, com mais de quarenta metros de altura, ligando a Baixa ao Chiado, bairro que ficava na colina. Era o Elevador de Santa Justa. Decidiram visitar essa região da cidade mais tarde e seguiram em frente.

Na Rua Augusta, com calçamento preto e branco, lojas de grife arrojadas ficavam ao lado de estabelecimentos tradicionais.

— Mãe, olhe só as vitrines — entusiasmava-se Layla, atraída pelas roupas de inverno coloridas, as botas, os acessórios. Uma loucura! Não fizeram compras, para sua tristeza.

— Hoje, não. Estamos no começo da viagem. E não adianta emburrar — avisou André.

Na Rua da Prata e na Rua do Ouro, o comércio era intenso. Pequenas joalherias exibiam a típica filigrana, trabalho realizado com finíssimos fios de ouro ou prata entrelaçados, formando belas jóias. Eram borboletas, corações, pulseiras, brincos etc.

Depois de caminhar alguns minutos, os três atravessaram um majestoso arco triunfal, o Arco da Vitória, que dava entrada à imensa Praça do Comércio. No local, sobressaía-se um bonito conjunto de edifícios, o antigo Palácio da Ribeira, que foi residência da família real. Quando a monarquia caiu, em 1910, os prédios foram transformados em gabinetes do governo.

— Olhem, li no guia sobre aquele estabelecimento ali. O Café Martinho da Arcada, com mesas na calçada, foi outrora freqüentado pelo famoso escritor português Fernando Pessoa — indicou Maria Isabel.

Layla não ouvia. Ela acabara de ver o Tejo. Estava particularmente curiosa em conhecer o rio tão famoso, de onde partiram os navegadores em direção ao oceano.

De repente, a garota acudiu uma mulher que tropeçou bem na sua frente.

— Obrigadinha, minha filha.
— De nada. A senhora está bem?
— Com certeza, tu me seguraste em tempo. De onde tu és?
— Do Brasil; cheguei hoje, com meu pai e minha mãe.
— Estais a gostar de Lisboa?
— Muito!

— Percebi que estás a olhar para o Tejo. Saibas que era aqui que embarcavam e desembarcavam reis, nobres, embaixadores, em tempos idos. Este lugar tem muita história. Já foste a Belém? Tu vais gostar de lá. Não deixes de ir.
— Obrigada, iremos sim.
— Adeus!
— Tchau!
A senhora riu e repetiu em tom alegre:
— Tchau.
— Mãe, essa não é a primeira pessoa que me diz adeus. Acho tão estranho, soa triste pra mim.
— Filha, "adeus" ou "adeuzinho" têm aqui o mesmo sentido do nosso "até logo". No Brasil, "adeus" acabou ficando com o significado de uma despedida mais definitiva. Por isso, você estranha. Os portugueses não usam o nosso italiano "tchau".
Layla dirigia um olhar perdido para o Tejo. Adeus.... adeus.... quantos adeuses esse rio já ouvira e carregara em suas águas até o oceano... quantas pessoas partiram para não mais voltar...
Ao final do dia, Layla, de camisola xadrez, estava exausta. Deitada no quarto do hotel, repassava o dia cheio que tivera. A família não passeou à noite. Estava cansada da viagem e resolveu dormir cedo.
O Tejo, largo e alaranjado pelo pôr-do-sol, não saía da cabeça da jovem. Quanta história! Por enquanto, só vira a parte mais antiga da cidade.
— Bem, boa noite querida! Amanhã, iremos ao bairro de Belém e outros lugares ótimos. Descanse bastante. Será outro dia puxado.
Layla dormiu pensando novamente na história dos avós de sua mãe. "O oceano não separa um coração inteiro". Quando Ana Clara saiu de Portugal já tinha 19 anos. Embora seu esposo Antônio também fosse português, casou-se com ele

no Brasil. Nunca mais voltou, nem viu novamente seu lugar de nascimento. Teria lá deixado um amor impossível?

As possibilidades eram muitas, mas o sono venceu qualquer hipótese de costurar histórias. Dormiu pesadamente. Sonhou coisas desencontradas. Agora era uma emigrante num navio que balançava muito. Depois, estava comendo doce no Rossio, com o medalhão no pescoço. Em seguida, despedia-se de um marinheiro na beira do Tejo. Foi uma noite agitada.

Capítulo 3

Pastéis, Carruagens e um Belo Rapaz

*Quanto esforço fez o Tejo
Para entregar sem luta seus filhos ao mar?*

☙❧

O dia amanheceu tarde, pois era o meio do inverno. Da janela um pouco suada pela calefação, podia-se ver o sol firme e o céu claro iluminando a Praça Eduardo VII. Muita sorte estarem os dias tão bonitos, embora fizesse muito frio. Depois de um reforçado café da manhã ("pequeno almoço"), a família saiu em busca do que a terra lusitana tinha reservado como presente para seus olhos naquele dia. Foram direto a Belém, bairro arborizado e elegante, com muitos parques, jardins e museus.

— Localiza-se justamente na foz do Tejo (onde desemboca no mar), ponto de onde saíam, no passado, as caravelas que se aventuravam no Atlântico em busca de novas terras. Na beira do rio, há cafés e calçadões bem agradáveis. É um pólo cultural interessante. Entre a margem e o bairro de Belém, fica a movimentada Avenida da Índia e a linha de trem ("comboio") — contava André pelo caminho.

Por Que Portugal?

Se há um lugar em que se pode sentir toda a exuberância e magnitude da glória do passado marítimo dos portugueses, este é Belém. Os três brasileiros logo perceberam isso. No calçadão, duas construções enfeitavam a margem do rio e se sobressaíam: o Padrão dos Descobrimentos e a Torre de Belém.

— Vamos agora àquele castelinho ali, dentro rio.

— Aquele castelinho tem nome: é Torre de Belém — emendou Maria Isabel.

— Que seja! Vamos logo!

O lugar estava cheio de turistas tirando fotos. Uma excursão de ingleses andava agitadamente. Layla passou os olhos e seu radarzinho identificou um jovem bem bonito para seu gosto. O adolescente parecia deslocado no grupo de pessoas mais velhas. Layla observou por alguns momentos.

Para falar a verdade, Layla era um pouco mais tímida do que as garotas de sua idade. Enquanto as outras já tinham namorado ou "ficado", Layla nem se atrevia a dizer em voz alta que paquerava alguém. Três meninos da escola já tinham demonstrado interesse por ela, mais de uma vez. Um, até, era bastante insistente. Porém, Layla dizia que era muito cedo para essas coisas. No fundo, até sentira vontade de experimentar namorar, mas logo esquecia o assunto. Gostar mesmo de alguém, isso não tinha gostado.

Ainda de olho na excursão, disfarçou ligeiramente e continuou a espiar o rapazinho, que pareceu notar sua presença. Fitaram-se por instantes. Layla seguiu andando e virou para trás. A excursão de ingleses seguia em direção oposta. Ela viu outro grupo mais adiante, com um guia português, que dava detalhes do ponto turístico. Curiosa, juntou-se ao grupo. Ouviu atentamente a explicação.

A Torre de Belém é uma pequena fortaleza dentro do rio, na qual se chega por uma passagem saída da margem. Construída no início do Século 16, foi, a princípio, utilizada para defesa da entrada de Lisboa. Com o tempo, perdeu a função e funcionou como farol, posto aduaneiro, depósito de armas e prisão.

Maria Isabel olhava maravilhada aquela obra, declarada, pela Unesco, Patrimônio Cultural da Humanidade. Feita de pedras esculpidas, com sacadas e torres de vigia em estilo mourisco (dos mouros).

— Estou vendo o cartão postal mais conhecido de Lisboa — brincou Maria Isabel.

— Layla, venha cá.

— Mãe, por que a gente não pega uma excursão? Parece divertido. Assim conheceremos outras pessoas. Fica mais legal. Não é?

— Não coloque o carro na frente dos bois. Você acaba estragando a surpresa. Vamos pegar uma excursão depois, para conhecer pequenas cidades ao redor de Lisboa. Eu ainda não tinha contado essa parte — revelou André.

Os três caminharam mais adiante, também à margem do rio, até o enorme monumento Padrão dos Descobrimentos. Layla quis logo registrar com a máquina fotográfica o enorme monumento (52 metros de altura) esculpido em pedra, homenageando todos os navegadores do passado e reis que promoveram a Era dos Descobrimentos, nos idos dos Séculos 15 e 16.

Feito em 1960, em forma estilizada de um navio, tem extraordinárias estátuas de pedra e está voltado para o Tejo. À frente, está o príncipe Henrique, o navegador, apontado como o pai dos descobrimentos e que fundou a Escola de Navegação de Sagres. Seguem-se estátuas de outras figuras importantes da era dos descobrimentos, como o rei Manuel I; Vasco da Gama, que, passando pelo Cabo da Boa Esperança, conseguiu estabelecer o caminho marítimo até a Índia; Pedro Álvares Cabral, velho conhecido de todos os brasileiros; Fernão de Magalhães; e o poeta Camões, segurando o seu livro "Os Lusíadas".

— Olhem! Na calçada estão desenhados em mosaicos um mapa do mundo e uma bússola gigante. O mapa mostra as rotas marítimas que os descobridores fizeram — falou Layla, chamando a atenção dos pais.

— Que lugar bonito — exclamou André.

— Faz lembrar o início do poema épico "Os Lusíadas", disse Maria Isabel, declamando:

"As armas e os barões assinalados
Que da ocidental praia lusitana
Por mares nunca de antes navegados
Passaram ainda além da Taprobana".

— Layla, você deve saber que Luís Camões é uma referência na literatura portuguesa. Morreu com mais ou menos 56 anos, em 1580. Teve vida muito atribulada. De temperamento forte, foi expulso da corte. Serviu no Norte da África, ocasião em que perdeu um olho; depois, foi para a Índia. Durante uma tempestade, os navios da frota naufragaram, menos o que ele estava — informou André.

— Essa vida cheia de aventuras refletiu-se no seu famoso poema, "Os Lusíadas", no qual ele conta a viagem de Vasco da Gama à Índia, além de histórias, guerras e lendas portuguesas. Morreu em Lisboa. Deixou valioso conjunto de obras, preciosa contribuição da língua portuguesa à literatura mundial.

Era muita informação para dois dias.

— Pai, dá um tempo; eu sei quem foi Camões. Mas, com tanta informação em um dia só, eu vou confundir tudo.

— Ou não; você vai ver. As histórias vão-se entrelaçando e fazendo sentido. Não é para você decorar tudo como em uma prova. É só para curtir melhor o passeio. Depois de um tempo, naturalmente, as coisas vão ficando na memória. Ainda mais quando a gente está no lugar em que elas aconteceram. Não é emocionante? Mais adiante, em sua vida escolar, você estudará mais profundamente tudo isso. O fato de ter estado aqui e visto "ao vivo e em cores" o cenário da história vai ajudá-la a entender melhor.

Maria Isabel com o olhar perdido admirava o Tejo.

— Sabem, quando as caravelas partiam, muitas mulheres vinham vestidas de preto (um sinal de luto) despedir-se de seus maridos. A chance de nunca mais os verem era muito alta.

— Puxa, que triste! Sabem que estou ficando com fome, emendou Layla.

— Mas já? Acabamos de tomar café. Deve ser o frio. Antes, vamos ver o Mosteiro dos Jerônimos; está muito perto — insistiu André.

Atravessaram a avenida, passaram pela Praça do Império e chegaram a uma imponente edificação: o Mosteiro dos Jerônimos. O rei Manuel I encomendou o projeto depois que Vasco da Gama retornou das Índias. Grande parte da obra, iniciada no começo do século 16, foi financiada pelos lucros obtidos com o comércio dos produtos trazidos nas viagens. O mosteiro, em razão da forma como foi edificado, sobreviveu ao grande terremoto do Século 18.

O tipo de arquitetura utilizado ficou conhecido, mais tarde, como estilo manuelino.

Começaram a visita pelo claustro.

— André, essas arcadas esculpidas não parecem rendas feitas em pedra? Como é detalhada essa arquitetura. Deviam demorar muito tempo para fazer — admirava-se Maria Isabel.

— Pensar que construíam isso sem os recursos de engenharia que temos hoje.

Por Que Portugal?

Em outra parte do complexo arquitetônico, conheceram o Museu Nacional de Arqueologia. As peças expostas vinham de sítios arqueológicos de todo o país. Objetos e artefatos romanos, jóias visigóticas, peças da Idade do Ferro, urnas e amuletos funerários, moedas, colares, mosaicos.

— Não sabia que esse museu tão cuidadosamente montado estava dentro do mosteiro. Magnífica surpresa! Tem tanta informação e atrações, que precisaríamos de mais tempo para ver tudo com calma — opinou André.

— Pai, você é tão engraçado. Admira-se com tudo. É só mais um museu. Não precisa ficar assim tão admirado — zombou Layla.

— Depois de ver a exposição, vamos ver quem é que vai ficar admirado. E não precisa esforçar-se tanto para dizer que tudo isso é natural para você.

André olhou desafiadoramente.

Layla descobriu no museu que o Império Romano chegou à região que hoje é Portugal duzentos anos antes de Cristo. Os romanos chamaram o território que ficava entre os rios Douro e Tejo de Lusitânia, por causa da tribo que lá vivia, os lusitanos. Estes resistiram com bravura muito tempo à invasão romana, até cerca de 139 a.C., ano em que se estima ter morrido o último chefe dos lusitanos. O nome "Lisboa" vem da denominação dada pelos romanos à cidade, "Olisipo".

De repente, Layla ouviu um grupo falando inglês. Olhou automaticamente, pensando se veria o rapaz da excursão novamente. Não era. Pena...

Terminaram a visita pela enorme Igreja de Santa Maria, ainda dentro do mosteiro. Espetacular, com colunas e pilares altos que subiam até o teto, a construção era imponente. Maria Isabel olhava encantada para cima e quase perdeu o equilíbrio. O coro cantava suave música, e Layla deixou-se levar pela melodia.

Chamaram a atenção, túmulos ricamente entalhados em pedra, mais parecendo com obra de arte. Eram de reis e de pessoas famosas, como o explorador Vasco da Gama e o poeta Luís de Camões.

O que impressionou Layla foi um túmulo apoiado em estátuas de elefantes.

A moça que estava parada olhando o esquife percebeu o interesse da garota e se apresentou. Era Irene, professora brasileira em visita a Portugal.

— Alguns dizem que está vazio, outros, que há um corpo dentro. Na verdade, esse túmulo fora destinado ao rei D. Sebastião, morto em 1578, na Batalha de Alcácer-Quibir, em uma expedição no Marrocos (África) contra os mulçumanos — explicou Irene, acrescentando:

— Seu corpo nunca foi encontrado. Por causa de sua morte Portugal acabou perdendo a autonomia política para a Espanha, pois ele não tinha descendentes diretos. Quando foi morto, seu tio-avô assumiu o trono, mas por pouco tempo. O rei espanhol Felipe II reivindicou a coroa e invadiu Portugal. Quando o país caiu em mãos espanholas, circulava uma lenda de que D. Sebastião não teria morrido e voltaria, em uma noite de nevoeiro, para reaver o trono português.

— Vai ver não morreu mesmo e eles estavam certos — provocou Layla, sorrindo e agradecendo a explicação.

Ao saírem do mosteiro, a garota e seus pais procuraram um lugar para o almoço. Dentre as inúmeras opções, ficaram com um restaurante que tinha vista para o Tejo. Os três, agradavelmente, conversavam sobre tudo o que viram pela manhã. Nas viagens, a gente vê tanta coisa, que o dia parece bem mais longo.

— Mãe, quero saber mais sobre minha bisavó. Como ela era e as histórias que contou para você.

— Claro, mas não agora. Vamos apenas apreciar a paisagem e curtir o momento.

Continuaram sua caminhada na região. Passaram pelo Palácio de Belém, residência oficial do presidente da República, e encontraram o Museu Nacional dos Coches.

Layla reclamou:

— Não vamos a outro museu, não é? É museu demais.

— Não seja tão boba. Esse você vai gostar mais ainda. Só tem carruagens nele. De todos os tipos e épocas. Além do mais, não demoraremos aqui — insistiu Maria Isabel.

O local, amplo e alto, era um anexo do Palácio de Belém e fora uma escola de equitação na época da monarquia. A mãe tinha razão. Logo na entrada, Layla percebeu que valia a pena. Começando com uma simples carruagem, a exposição ia, a cada exemplar, tornando-se mais suntuosa. Carruagens curiosas, históricas, imensas, luxuosas, exóticas, extravagantes. Layla não sabia aonde olhar. Coches que pertenceram a reis, autoridades e nobres, de vários séculos.

Uma mulher ao lado chamava a atenção do filho pequeno: — Veja! Essas carruagens, feitas para as crianças da família real, eram puxadas por pôneis.

Layla imaginou como, apesar de magníficas, deveria ser desconfortável viajar em algumas delas. A dos representantes dos papas, vinda de Roma, era riquíssima, enorme e suntuosa, com grandes estátuas douradas e interior muito luxuoso. Até as rodas eram decoradas; o que a fez também supor a influência e poder político da Igreja na época. A garota parou para ver um curioso coche-táxi.

Na saída, se quisessem, poderiam ainda visitar outras atrações turísticas nas redondezas. Havia muitas, como o moderno Centro Cultural de Belém. Optaram por andar um pouco ao ar livre entre as várias lojas de souvenires e pequenos cafés. Um cheirinho irresistível vinha de um deles. Tratava-se de um pequeno estabelecimento que existia há mais de um século.

Com vontade de se esconder do frio e tomar alguma coisa quente, entraram e descobriram, sem querer, um dos mais badalados pontos gastronômicos de Lisboa, a confeitaria Pastéis de Belém. Servia o tão famoso e absolutamente divino pastel de Belém, feito de creme suave e massa folhada. O lugarzinho charmoso, com salas interligadas, decorado com azulejos pintados, estava lotado de lisboetas e turistas. Todos atrás de uma bebidinha muito quente, como chá, capuccino e café e, é claro, dos bem docinhos pastéis de Belém.

De relance, Layla viu que saía de dentro da confeitaria a excursão que observara pouco antes no rio. O rapaz que chamou sua atenção, porém, parecia já ter ido embora. Sem saber o porquê, a garota lamentou não o ter encontrado.

Apesar disso, a paradinha foi mais do que compensadora.

— O gosto suave do leve creme (com um pouco de canela em pó por cima), combinado com a casquinha crocante da massa folhada, é saboroso além de descrições com palavras, ainda mais se o pastel está morno, como agora — deliciava-se Maria Isabel.

No café, Layla, André e Maria Isabel voltaram a comentar sobre o Museu de Arqueologia.

— Nunca pensei em ligar Portugal ao Império Romano. Quanta coisa a gente não sabe, não é? — observou a garota.

Café com história

André resolveu contar resumidamente à filha um pouco da história do país. Julgava essencial para que ela aproveitasse melhor a viagem. Quem conhece o passado entende melhor o presente.

Por Que Portugal?

— Muito do que veremos na viagem fará mais sentido, se você conhecer o contexto histórico do desenvolvimento do país. Por exemplo, a riqueza e variedade arquitetônica de Portugal estão intimamente ligadas à sua história. O estilo mourisco é uma herança da época da invasão dos mouros. O manuelino, por sua vez, é fruto direto das viagens marítimas e das riquezas obtidas com elas. A culinária e os costumes também trazem forte influência do passado.

André, voltando ao início, contou que, em 2500 a.C., Portugal era habitado por povos da Idade da Pedra, dos quais encontraram-se túmulos. No Século 9 a.C., navegadores fenícios do Oriente Médio chegaram ao Algarve e estabeleceram postos comerciais. A eles seguiram-se gregos e cartagineses. Invasores celtas também se fixaram no local. Depois da invasão e domínio dos romanos, a região passou por grande desenvolvimento de infra-estrutura e urbanização. Olisipo (Lisboa) passou a ser a capital em 60 a.C. Os romanos plantaram amêndoas, uva e azeitonas em várias regiões. Com o declínio do Império Romano, por volta do Século 5, a península foi invadida por tribos germânicas.

— Depois dos germânicos, chegaram, em torno do ano 700, os mouros, árabes mulçumanos. Eles permaneceram na região por mais de 400 anos, até a guerra de reconquista da terra.

André, embora fosse formado em Administração, era um entusiasta de História.

— Foi na época da Reconquista que Portucale (então um feudo do reino de Leão e Castela) começou a se sobressair. Depois de uma significativa vitória contra os mouros, em 1139, Afonso Henriques declarou a independência das terras, tornando-se o primeiro rei de Portugal. Como nação, o país é o mais antigo da Europa. As disputas territoriais com Castela, no entanto, continuaram e atingiram um ponto crítico no final do Século 14, quando o nono rei de Portugal, Fernando I (filho de Pedro I), morreu e o trono foi reivindicado por seu genro castelhano. A tentativa fracassou, pois o filho ilegítimo de Pedro I, João de Avis, derrotou os castelhanos na batalha de Aljubarrota e se tornou João I de Portugal, assegurando a independência. Firmou aliança com a Inglaterra e se casou com a inglesa Felipa de Lancaster. Um dos filhos de João I era Henrique, o Navegador, que fundou a escola de navegação no Algarve, dando início à Era das Navegações.

Depois, contudo, como Layla já sabia, o reino acabou ficando nas mãos dos espanhóis em 1580, sendo restaurado em 1640, pela dinastia Bragança. Foi uma monarquia até 1910, ano em que uma revolução obrigou o jovem rei Manuel II a abdicar e ir para a Inglaterra.

— A partir da República, Portugal passou por momentos de grande instabilidade, com tumultos, lutas de trabalhadores, assassinatos políticos e crises financeiras. O Exército assumiu o poder em 1926 e, anos depois, Oliveira Salazar foi nomeado primeiro-ministro e estabeleceu sua ditadura, afastando-se só em 1968.

André contou que, após Salazar, Marcelo Caetano assumiu a nação:

— Havia, porém, muito descontentamento civil, não só no continente, como nas colônias (principalmente na África), que organizavam movimentos de libertação. Marcelo Caetano foi deposto em 1974, em um movimento sem luta e violência, conhecido como Revolução dos Cravos, desencadeado por jovens oficiais descontentes. Dois anos depois, as colônias tornaram-se independentes.

— Em 1976, uma nova constituição foi feita e, após ter sido eleito primeiro-ministro, o socialista Mário Soares tornou-se, em 1986, o primeiro presidente civil do país em 60 anos. No mesmo ano, Portugal ingressou na União Européia.

Por Que Portugal?

Foi aí que o país ingressou verdadeiramente nessa nova fase de modernidade e progresso.

— Muito bem, papai. Você ganhou, vou admitir que gostei do Museu de Arqueologia e que a história tem tudo a ver com turismo — declarou Layla ao saírem.

Haviam programado conhecer à noite o Shopping das Amoreiras. Pegaram um táxi e lá foram eles, continuando sua aventura "Descobrimento de Portugal". Da janela do automóvel, Layla via o calçadão do Tejo e riu ao imaginar que poderia estar em uma daquelas carruagens-táxi sacolejantes, vestindo um pesado vestido cheio de rendas, laços e babados. Ficaria engraçada... estava muito mais confortável em sua calça jeans e aquela blusa de lã quentinha.

Capítulo 4

O Castelo, a Alfama e o Fado

*Paisagens morenas, claras, de todas as cores
Inspiram sofridas o fado,
que é saudade disfarçada de voz.*

❧

— Puxa, aqui é alto! Que vista linda!
Maria Isabel estava em estado de graça. Parada, na torre da muralha, deixava o vento bater em seu rosto e olhava longe.
Layla observava a mãe, que estava muito feliz com a viagem. Ela parecia renovada, mais bonita. Seus cabelos pretos ganharam mais cor e brilho, suas bochechas estavam mais rosadas e os olhos profundamente escuros penetravam o ar com decisão, procurando alcançar locais mais distantes.
Seu entusiasmo dava-lhe um aspecto jovial e cheio de energia. Era incansável e não reclamava nem de enormes escadarias para ver uma atração nova. Queria aproveitar tudo e ria com muito mais freqüência do que o normal. Não ficava corrigindo a filha, como em casa. Não se irritava quando as coisas davam errado.
Na viagem, como sempre acontece, nem tudo era alegria e emoção. Às vezes, erravam o caminho ou a estação de metrô,

esqueciam a bolsa em algum lugar (e voltavam correndo para buscar, com medo de que tivesse sumido), ou, ainda, não achavam um banheiro imediatamente quando estavam precisando. Nada disso, porém, tirava o bom humor de Maria Isabel.

André, pelo visto, também tinha notado. Os dois estavam mais carinhosos e andavam de mãos dadas o tempo todo. Sorriam descontraídos. Faziam, com freqüência, brincadeiras com a filha. Estavam realmente se divertindo bastante.

Layla, às vezes, sentia falta de uma companhia de sua idade. Olhava para os pais e, sem esperar, já pensava se algum dia encontraria alguém com quem se desse tão bem, que a entendesse e amasse.

— Ah — pensava — deve ser muito difícil, em um mundo tão grande, encontrar a pessoa certa. Acho que nunca vou me apaixonar. Veja o caso da bisavó, por exemplo, achou um amor na juventude, para perdê-lo em seguida — refletiu.

— Muito triste! Depois teve de se casar com quem não gostava tanto — supôs.

— Mãe — falou em voz alta — na época de sua avó as pessoas casavam com quem queriam ou aconteciam aqueles casamentos arranjados?

— Sei de histórias dos dois tipos. De moças que já tinham um prometido e daquelas que escolheram seus maridos.

— Sua avó Ana Clara, por exemplo?

— Ela não sei, nunca me disse. Parece que gostava muito do meu avô. Se o casamento foi arranjado pela família, quando ela chegou ao Brasil, isso não sei.

Naquele sábado, os três estavam no passeio público chamado Castelo de São Jorge, do qual tinham vistas privilegiadas da cidade e do Tejo. Situado no alto de um morro (Lisboa foi construída entre sete colinas), o lugar era cercado por muralha, com várias torres, portas, jardins e edificações históricas restauradas. Dentro das muralhas, está localizado o bairro de Santa Cruz, com ruas estreitas de pedra.

No primeiro milênio, era uma cidadela mourisca. Quando os mouros foram expulsos, o primeiro rei português, Afonso Henriques, transformou-a em uma fortaleza para residência dos monarcas. Foi assim até ser feito o novo palácio na Praça do Comércio. O Castelo de São Jorge teve outros destinos até ficar totalmente em ruínas com o terremoto do Século 18. Só no início do Século 20 é que passou por reforma geral, com reconstrução das muralhas. Foram feitos os jardins e as praças.

A família conversava animadamente, saindo dos muros, caminhando pelo bairro da Alfama, também nas encostas da colina. Eram ruas íngremes.

O nome Alfama vem do árabe al-hamma (fontes quentes), uma herança que os mouros deixaram. As casas, muito sólidas e antigas, encostadas umas às outras, têm fachadas pintadas de azul, amarelo e rosa e, às vezes, roupas penduradas nos varais. Outras portam fachadas com azulejos, pátios ocultos, janelas amplas.

Encontraram um restaurantezinho com mesas ao ar livre e comeram um excelente Bacalhau ao Forno. Jorge, português alto, de cabelos negros e encaracolados, servia a mesa. Sempre muito solícito, contou um pouco sobre o bairro da Alfama, uma seqüência de becos apertadinhos que ficavam ao redor das muralhas.

Antes, era uma extensão da cidadela moura. Depois, foi residência de ricos lisboetas, que, mais tarde, se mudaram com medo dos terremotos. Transformou-se em um bairro pobre, de pescadores, marinheiros, boêmios e mendigos.

— Hoje em dia, o bairro passa por revitalização. Os moradores jovens descobriram o lugar, que está cheio de barzinhos e lojas — informou Jorge.

Por Que Portugal?

— Muitas canções e poemas foram escritos sobre a Alfama.

André dizia à família o quanto estava lhe agradando o jeito autêntico dos portugueses.

— Sinto-me em casa. Todos estão sempre dispostos a dar informação de maneira tão calorosa. Aqui, a gente reconhece um pouco o Brasil. Temos em comum não só a língua, mas percebo em cada detalhe a nossa cultura. É fascinante. Vejam a Alfama, por exemplo, não lembra um pouco algumas cidades coloniais no Brasil?

André não descendia de portugueses. Do lado paterno, seus ancestrais eram brasileiros de muitas gerações; do materno, libaneses.

Depois da pausa, passaram pelo Museu de Artes Decorativas. Já na parte mais baixa da Alfama, ao Sul, entraram na Igreja de Santo Antônio, localizada onde se acredita ter sido a casa do santo, que era lisboeta e viveu entre 1195 e 1231. Santo Antônio é o padroeiro de Portugal. Muitos lisboetas não se conformam de ele ser conhecido como Santo Antônio de Pádua (cidade italiana onde está enterrado e onde viveu muito tempo).

— Ter ciúme de santo, onde já se viu — brincou Layla.

— Parece até ciúme de amizades na escola — emendou achando graça.

Conheceram, também, a românica Catedral da Sé, que ficava a poucos metros. Fora construída pelo primeiro rei, no local onde existia uma mesquita moura. Por causa de muitos tremores de terra e do grande terremoto, a edificação passou por várias restaurações.

— Quanta igreja! Em Lisboa, não se pode virar para o lado e se vê uma igreja. Mas esse negócio de acabar com a mesquita não estava certo. Eles não respeitavam os outros?

— Layla, você tem toda razão. A intolerância religiosa ou qualquer outro tipo de discriminação é inaceitável. Quanto a Portugal ter muitas igrejas, deixa eu te explicar uma coisa — falou André sério:

— Portugal, hoje, é um país oficialmente leigo, mas tem forte tradição católica. Os reis e nobres mandavam construir igrejas para marcar ocasiões, festejar vitórias e homenagear algum santo. A separação oficial entre Igreja e Estado ocorreu somente a partir da República. Sua história está entrelaçada com a religião, o que pode ser notado até hoje nas muitas festas religiosas por todo o país.

Continuou:

— O passado, no entanto, foi também palco de muita intolerância religiosa. Durante a Reconquista, os mouros muçulmanos foram perseguidos e expulsos. Seus bens e mesquitas mudaram de mãos. Em seguida, especialmente durante a Inquisição, que em Portugal foi instaurada oficialmente em 1536, também os judeus foram alvo de discriminação e perseguição, como em outros lugares da Europa naquela época. Tinham de se converter à força ou deixar o país. Os descendentes desses primeiros judeus de Portugal e Espanha foram chamados de Sefarditas, pois, em hebraico, a região da Península Ibérica era designada pela palavra Sepharadh.

Concluindo, André disse;

— Hoje, em Portugal, ao final de um processo de muitas mudanças políticas e sociais, isso não acontece mais e todas as religiões são respeitadas. Há mesquitas e sinagogas no país e o exercício das religiões é livre e oficialmente respeitado.

André falou que, em 1989, o presidente da República, Mário Soares, pediu perdão simbólico pelas perseguições. Em 1996, foi aprovada por unanimidade pelo Parlamento a revogação simbólica do Decreto de Expulsão dos Judeus, que tinha sido feito há 500 anos.

Maria Isabel lembrou de uma informação que lera recentemente no jornal:

Por Que Portugal?

— O interesse de estudiosos pelas questões judaicas tem crescido bastante em Portugal. Há um processo de identificação histórica, por parte de alguns grupos da população. Eles querem resgatar suas origens. Mais de seis mil pessoas, no último censo, declararam-se judias, muitas por serem descendentes de cristãos novos, como eram chamados aqueles obrigados a se converter.

André comentou, então, com convicção:

— É bom que seja assim, pois, em qualquer tempo e em todo o mundo, a intolerância entre os homens só gera prejuízos para a humanidade. Por conta de Deus, muitos cometem excessos e atos ruins. Agora, se a política no passado tentou ocultar a diversidade religiosa do povo, a cultura a denuncia. Você vai ver a grande influência cultural árabe e judaica na arquitetura, na culinária, na música, na estética e nos costumes. Não há como destruir isso e, hoje, ao contrário, deve-se valorizar a diversidade. Portugal também carrega a influência cultural de outros povos, como os africanos e asiáticos.

A tarde corada pelo vermelho do céu indicava que já era hora de um banho. Pegaram o metrô, mais uma vez, e foram ao hotel se preparar para a noite. André levaria as duas para jantar em um restaurante onde se apresentavam cantores de fado.

— Mãe, a gente só está fazendo programa do passado. Que tal ir a um show de rock, como aquele dos cartazes pela cidade?

— Não inventa moda. Somos turistas, precisamos primeiro conhecer o que há de mais típico. Seu pai disse que, depois, conheceremos a "nova Lisboa". Show de rock, no entanto, está fora de questão nessa viagem.

— Um cineminha, talvez...?

— Um cinema, eu topo na hora.

— Layla, coloque uma roupa mais social. Acho que o ambiente do restaurante é mais formal.

Layla pensava novamente em seus bisavós. Nasceram em 1900, quando Portugal ainda era uma monarquia.

— Mãe, eles eram da Guarda, não é?

— Sim, os dois eram de uma aldeia do distrito da Guarda, chamada Videmonte. Ele foi para o Brasil seis anos depois da queda da monarquia, com 16 anos. Ela saiu em 1919. Acho que nem tinham se conhecido em Portugal. Ele soube, por meio de outras pessoas da colônia portuguesa em São Paulo, que tinha chegado na cidade alguém de sua aldeia. Foi saber notícias de sua terra. Depois da visita, parece que começaram a namorar e acabaram se casando.

Layla lembrou-se do medalhão. Imaginou como Ana Clara deveria estar triste por deixar seu amor em Portugal. Raciocinou que ela arrumou um namorado no Brasil para esquecer logo o antigo amor ou, então, a família arranjou o casamento, porque ele também era português e conhecido dos parentes. Acabou dando certo e se casaram.

Na ida de táxi ao restaurante, Layla constatou que os portugueses tinham mais uma coisa em comum com os brasileiros: a paixão por futebol. Seu pai e o taxista foram discutindo os resultados dos campeonatos, comentando sobre os jogadores. Falavam de times paulistas, como o Corinthians, Palmeiras, São Paulo e a Portuguesa de Desportos, do Benfica (clube lisboeta preferido do taxista) e o do Porto.

Era curioso como a linguagem e as manias de torcedores de futebol eram iguais no mundo inteiro. Conversaram também sobre a política portuguesa e a brasileira. Tal qual no Brasil, os taxistas estavam bem informados e sabiam de tudo, até das fofocas da eleição. Tinham sua opinião bem formada e falavam com propriedade sobre futebol e política.

Por Que Portugal?

Chegaram ao restaurante e sentiram logo o cheiro gostoso de tempero de azeite de oliva e da comida irrepreensível. André, que vinha provando o vinho português desde que chegara, não fugiu à regra naquela noite. A sobremesa foi Lampreia de Ovos.

Logo ao entrarem no restaurante, ouviram uma cantora de fado que se apresentava em um pequeno palco. Muito maquilada, vestida de preto e com um amplo xale (conforme a tradição), ela cantava acompanhada por tocadores de guitarra e viola portuguesa.

O fado, que quer dizer destino, é um canto marcante, comovente, sempre narrando histórias (verdadeiras ou não) de amores perdidos, saudades, anseios de algo que não se pode alcançar. A música seguia lenta e triste:

"...De rastos a teus pés
Perdida te adorei
Até que me encontrei, perdida.
Agora já não és
Na vida o meu senhor
Mas foste o meu amor, na vida..."

Saber a origem do fado é muito difícil, pois há muita controvérsia sobre o assunto e várias são as correntes de pensamento. O certo é que teria surgido, como é hoje, em Lisboa, há cerca de 150 anos, nos bairros boêmios e pobres, como a Alfama. Muitos dizem que o fado buscou inspiração nas músicas africanas, melodias árabes e canções folclóricas.

— A fadista mais famosa de todas foi Maria Severa (1820-46). A vida da primeira grande fadista portuguesa foi escandalosa e a moça virou um mito após sua morte prematura. Dizem que um caso amoroso entre ela e um nobre foi o que levou o fado às classes altas portuguesas. O xale usado pelas fadistas até hoje é uma homenagem a Maria Severa. Amália Rodrigues, que morreu no final do Século 20, é outro símbolo cultural de Portugal e se apresentou cantando fado por mais de meio século, em todo o mundo. Sua morte foi motivo de luto oficial por três dias — contou Maria Isabel, que gostava muito de fado.

Depois da primeira cantora a se apresentar naquela noite, um jovem, de capa preta, roupa usada pelos estudantes da Universidade de Coimbra, cantou outra música, esta exaltando a cidade de Coimbra e a faculdade. Em Lisboa o fado é cantado especialmente por mulheres; na tradição de Coimbra, por homens. Assim, seguiram-se as músicas durante o jantar.

Em um dado momento, a mãe flagrou uma lágrima nos olhos de Layla. Depois, a garota confessou aos pais:

— Se tivesse ouvido um CD desse tipo de música em qualquer outra ocasião, teria achado a maior chatice.

Porém, sentir o clima dos cantores, o som das guitarras e aquelas histórias tristes, cantadas por vozes tão profundas, fez a garota ficar emocionada e tocada por tão delicada e dramática forma de arte.

— Quando a fadista cantou sobre o amor perdido, senti como se fosse eu, de tanta tristeza. Foi comovente. Portugal tem um clima romântico.

A noite seguia lenta e o fado, sorrateiro e imortal, exercia mais uma vez sua magia de se perpetuar através do tempo, capturando o coração de um jovem.

Capítulo 5

Catarina de Portugal, o Chá e uma Surpresa

O destino ronda despercebido os lugares comuns.
Só se revela àquele cuja visão não se resume ao olhar.

☙❧

O frio não dava trégua naquela manhã e a temperatura continuava em torno de 9 graus. O dia estava nublado e uma leve garoa ameaçava estragar o passeio. Não durou muito. Enquanto esperavam o ônibus que passaria no hotel para uma excursão de um dia, a chuvinha parou. Fátima, uma moça de cabelos curtos, castanho-claros, rosto redondo e bonito, entrou pela porta, apresentou-se e chamou a família.

— Tu vais adorar o passeio. No verão é mais bonito, mas o inverno tem lá seu encanto também — disse a Layla, ajeitando o cachecol.

— Para onde vamos?

— Vamos a uma parte da Costa de Lisboa, Estoril, Cascais e Sintra. Há muito o que ver, vais gostar.

Layla estava mesmo querendo passear com uma excursão. Subiu no microônibus. Olhou rapidinho para dentro do veículo. Para sua decepção, só havia pessoas com mais de 35 anos. O que fazer? Procurou um lugar na janela.

No último banco, no entanto, estava um jovem bastante sério, quase emburrado. Ele era magro, sutilmente desengonçado, pele bem clara, cabelos lisos e ruivos, olhos azuis. Vestia um suéter verde escuro e a camisa branca saía um pouco para fora da calça. Layla analisou um momento, para ver se achava bonito ou não. Esqueceu de concluir o pensamento. Com cara de poucos amigos, o rapaz deveria ter uns 15 ou 16 anos. Fato que não passou despercebido. Fora Layla, era o único adolescente na excursão.

A primeira parada, muito rápida, foi no Estoril, cidadezinha à beira mar e estância turística bem urbanizada, cara e elegante. Desceram em um parque cheio de palmeiras, no qual se via, de um lado, o cassino e um edifício grande para realização de congressos; de outro, a estação de trem vizinha à praia.

Três quilômetros de praia adiante, chegaram a Cascais. Lá, a parada seria um pouco mais longa. Segundo explicou Fátima, o balneário de verão, com passado histórico importante, transformara-se em subúrbio elegante e moderno de Lisboa, o que se podia perceber imediatamente pelas arrojadas construções e caros prédios de apartamento com vista para o mar.

Todos admiravam a bela paisagem da baía. A Oeste, viram a Cidadela, uma fortaleza sobre um promontório. Andaram pelo rústico calçamento para pedestres no centrinho comercial charmoso, atrás do cais do porto, com butiques, lojas e pequenos restaurantes. Fátima disse que, nos tempos pré-históricos, ali viviam pescadores. Até hoje a pesca é importante na charmosa cidade.

— Deve ser a maior badalação aqui no verão — comentou Layla, como quem não quer nada, com o rapaz da excursão, a fim de iniciar uma conversa. Para seu descontentamento, ele olhou surpreso e nada respondeu imediatamente. Seria tão grosseiro assim?

Não, não era. Era apenas um inglês que não falava a língua de Camões, como informou o jovem na língua de Shakespeare.

— Ah, bem que eu estava achando familiar — pensou. Era o mesmo rapazinho bonito que vira na excursão estrangeira em Belém.

Layla sabia inglês razoavelmente bem e achou uma ótima oportunidade para testar sua fluência e vocabulário. Além disso, estava louca para fazer um amigo e conversar com alguém de sua idade. Nessa situação, pensou, tentaria até falar chinês.

— Sou de Londres. Meu nome é John Nelson. Vim com minha mãe e meu pai, que veio participar de um congresso de três dias em Portugal. São aqueles dois ali na frente — apresentou-se o rapaz, apontando para o casal de meia idade.

A mulher era magra, ruiva e se vestia com discrição. O homem, mais rechonchudo, de cavanhaque e cabelos loiros. Eram tão altos quanto o filho.

— Depois do Congresso, aproveitamos para ver um pouco Portugal. Ficaremos alguns dias em Lisboa e depois seguiremos para a cidade de Coimbra e, por último, para o Porto, de onde retornaremos a Londres.

Sem dar tempo de Layla responder, John ia falando:

— Não gostei muito da idéia de vir para Portugal, a princípio. Agora, estou achando interessante. Só fico um pouco chateado por estar sem ninguém da minha idade. Quando entrei na excursão hoje pela manhã, estava aborrecido com isso. Depois, você entrou e vi que estávamos no mesmo barco — tagarelava John.

Para agradável surpresa de Layla, ele era um inglês bem falador. Meio sem jeito, engatou uma longa conversa.

Layla que, no princípio, ficara um pouco engasgada com a língua estrangeira, apresentou-se. Logo, os dois estavam comentando sobre a viagem e a garota deu detalhes das praias brasileiras, especialmente do Litoral Norte de São Paulo, que conhecia bem. Andaram pelo calçadão e compraram pequenos souvenires nas lojas, dando palpites nas compras um do outro. A amiga ajudava John com a língua portuguesa e pareciam estar se divertindo.

Na hora de partir de Cascais, decidiram sentar juntos no ônibus. A excursão subiu pela costa rochosa da Serra de Sintra, em direção ao Norte. Ao longo da pitoresca estrada costeira, no alto de penhascos, viram vilarejos e aldeias de casas bonitas com vista para o mar. Na serra, a vegetação tornava-se muito peculiar e diferente. Era admirável e abundante, apesar da secura do inverno.

Fizeram companhia um ao outro durante o restante da excursão, o que foi rapidamente notado pelos pais de ambos. Na verdade, ficaram todos aliviados por verem seus filhos mais felizes. Os jovens prestaram pouca atenção ao que a guia falava e emendaram conversas sobre música, bandas inglesas, filmes favoritos e como era viver em São Paulo e Londres.

O ônibus parou no Cabo da Roca, Extremo Oeste da Europa. No alto de um imenso penhasco de 140 metros de altura que acabava no mar, um bonito farol reinava soberano.

— O padrão de pedra (monumento utilizado pelos portugueses desde a época dos descobrimentos) fincado na encosta do penhasco marca o exato ponto mais a Oeste da Europa. O último pedacinho do continente europeu avançando no Oceano Atlântico. À frente, só a imensidão do mar; do outro lado, o Novo Mundo — explicava a guia.

— Estou mesmo longe de casa — filosofou em voz alta Layla.

Por Que Portugal?

— Na verdade, vivo na outra ponta do Atlântico, para o Sul. — falou jovial para John. Todos tiraram muitas fotos. Layla não perdeu tempo e fotografou o novo amigo, que fez o mesmo.

— John, você já saiu da Europa alguma vez? — Layla parecia ligeiramente sem graça ao fazer o que agora parecia ser um convite sutil.

— Não!

— Se fosse ao Brasil, veria coisas totalmente diferentes. Principalmente nossa paisagem tropical. A vegetação é muito diferente. O pessoal é bem animado. Iria gostar.

John sorriu. Layla nunca se interessara muito por rapazes, mas John, inútil negar, era uma tremenda exceção. Ele não portava aquela beleza de manequim de revista, mas alguma coisa nele cativava Layla. Talvez as poucas sardas em seu rosto.

Os dois tinham tanto em comum. Diferente dos meninos da escola, era mais maduro do que os outros e não ficava gozando de tudo, a toda hora. Nem se esforçava para fazer tipo ou posar de "não ligo para nada, tudo me aborrece".

No alto da serra, muito úmida, incrustada em meio a bosques, fontes, desfiladeiros e palácios, estava a cidade preferida da realeza portuguesa: Sintra, que fora reconhecida pela Unesco como Patrimônio da Humanidade. A névoa úmida dava personalidade, mistério e charme às ruas estreitas de pedra. O tempo nublara novamente, aumentando o frio e obrigando os turistas a abotoarem os casacos.

No centro mais antigo e histórico, a Vila Sintra, pararam para explorar a cidade. Logo viram duas chaminés enormes do Palácio Nacional de Sintra. Apesar de serem muitas as atrações da cidade, precisariam de mais dias para conhecê-las. A excursão optou pelo Palácio Nacional e o Palácio da Pena. Não daria tempo de ir às ruínas do Castelo dos Mouros, que enfeitava a visão do alto das encostas da serra, com sua muralha imponente.

Visitaram primeiro o interior do Palácio Nacional, no centro da cidade, cujas origens também remontam à época dos mouros. O palácio, com séculos de história, passou por inúmeras reformas, especialmente nos séculos 14, 15 e 16. Com fachada gótica e misturas de estilos arquitetônicos, era um refúgio da realeza portuguesa no verão.

Todos olhavam admirados a Sala dos Brasões (magníficas paredes com painéis de azulejos), a Sala dos Cisnes (um salão de banquetes amplo, cujo teto tem 27 cisnes cuidadosamente pintados), os Aposentos de Dom Sebastião (destaque para a cama em marchetaria italiana), o Salão Árabe, a Sala das Sereias (com belos azulejos na porta de entrada) e as impressionantes cozinhas do Século 15, que ficavam sob as gigantes chaminés em forma de cone, de 33 metros de altura.

Ao saírem, Layla achou divertido beber a água naturalmente gelada da Fonte Mourisca, toda decorada com azulejos. Aproveitou para fazer um charme para John, fingindo que jogaria água nele.

A próxima parada foi o Palácio da Pena, num dos locais mais altos da serra, que atualmente é um museu. Construído sobre os alicerces de um mosteiro por Fernando II, marido da jovem rainha Maria II (filha de D.Pedro I do Brasil), o edifício (pintado de amarelo e rosa), cheio de torres, parece de contos de fadas, com salas, decoração e fachadas excêntricas. Conservado e decorado como era quando deixou de ser moradia dos reis, é parada obrigatória dos turistas.

— Pai, veja só. O Dom Fernando era rei consorte (risos)... com sorte mesmo, pois casou com a rainha — brincou Layla, fazendo trocadilho.

John quis saber a graça, mas ficava difícil explicar em outra língua.

— John! O rei que construiu o castelo era inglês, membro da família real inglesa. Ele adotou seriamente Portugal como seu país e era um entusiasta das artes — informou Fátima.

Não conseguiram ver todo o palácio, pois era muito grande, mas uma sala causou a admiração de todos, pelos afrescos magníficos de inspiração oriental, nas paredes e no teto. O aposento arrancou exclamações dos visitantes. O grande salão de baile impressionou pelos vitrais alemães, estátuas em tamanho natural, porcelanas do Oriente e mobília.

— Layla, se viéssemos a um baile naquela época, com certeza, você seria meu par — exclamou John, insinuando pela primeira vez que havia alguma coisa a mais entre os dois.

Pulando de alegria por dentro, Layla tentou disfarçar e brincou:

— Tudo bem, até aparecer a filha do rei com seu vestido cheio de saias.

— Nem filha de imperador me faria perder sua companhia no baile — confirmou John.

Muitos símbolos maçônicos indicavam que o rei Fernando fora grão-mestre. O palácio era rodeado de um enorme parque. Puderam passear por 15 minutos.

Voltaram ao centro, para andar um pouco. Durante o almoço, John brincou muito com Layla e a fez rir bastante. O restaurante encantador, chamado Regional de Sintra, ficava bem ao lado do prédio muito bonito da prefeitura. Entre as especialidades, escolheram bacalhau à moda; de sobremesa, torta de amêndoas.

Layla e John passearam, depois, pelas ruas estreitas. A névoa aumentava e a vegetação úmida e abundante dava um toque mágico ao passeio. Entraram, por curiosidade, em lojas de artigos típicos de Portugal, como toalhas rendadas e bordadas, filigranas, louças finas pintadas a mão. Maria Isabel e as outras mulheres da excursão tiveram de se segurar para não dar asas a seus cartões de crédito. Muitos pedestres aproveitavam o final da tarde. Na cidade acontecia um evento de arte e cultura. Por isto a rua estava bastante movimentada.

Adiante, na curvinha estreita, toparam com um hotel pequeno e bem acolhedor. Layla, John e seus pais (que Layla agora sabia chamarem-se Paul e Vivian) entraram. Queriam tomar café e chá. O rapaz que estava servindo convidou todos para se sentarem nos sofás da saleta ao lado, onde a lareira acesa deixava tudo quentinho e acolhedor. Assim, tomariam com calma as bebidas.

— Que tarde mais legal. Nem acredito. Estou na Europa, no inverno, em frente à lareira, tomando chá com um inglesinho fantástico e ruivo. Juro que ninguém vai acreditar quando eu contar. As minhas amigas vão me chamar de mentirosa — pensava Layla, já temendo pelo fim do passeio.

— Não importa. Elas que não acreditem. Estou vivendo isto e é o que basta — concluiu o pensamento.

Mesmo assim, pediu para a mãe tirar várias fotos da cena. Maria Isabel fingiu que não percebera a intenção da filha de registrar o quadro romântico e tirou bem mais de uma dúzia de fotos digitais.

Maria Isabel olhava curiosa para a filha. Nunca a vira tão entusiasmada por um rapaz. Quase emocionada, disfarçava o fato de estar reparando.

Os adultos brasileiros preferiram o café; o restante do grupo, chá inglês. Por conta da recente amizade dos filhos, os pais pareciam estar se dando bem e conversavam animadamente.

Hora de voltar. A região oferecia tantas outras possibilidades, mas o tempo era curto. O caminho de volta foi por outra estrada, mais rápida, em direção a Lisboa.

Layla, quieta, vinha meditando. Nem bem conhecera o amigo e já iria perdê-lo para sempre. Quando chegassem a

Por Que Portugal?

Lisboa, provavelmente nunca mais se veriam. Havia sido tão divertido ficar com o rapaz na viagem. Encontros às vezes vêm acompanhados de partidas inevitáveis. Layla, então, teve uma idéia.

— John, amanhã conheceremos o Parque das Nações e o Shopping Vasco da Gama, em Lisboa. Vocês não querem ir conosco?

— Acho que será difícil, mas eu adoraria. Meu pai já planejou a viagem. Em todo o caso, vou falar com ele. Insistir é a palavra.

Layla sentiu um fio de esperança. Quem sabe contaria com sua companhia no outro dia também. Ficou mais animada. Dando reinício ao papo, ia perguntar sobre eventual namorada ou paquera na Inglaterra, mas ponderou que ele poderia achá-la intrometida ou muito oferecida.

Achou melhor dar outro rumo à conversa.

— Li em uma revista no avião que o hábito de tomar chá dos ingleses tem tudo a ver com Portugal, sabia? —

— Não sei não... — duvidou John, provocando.

— Como não? Você deveria saber! Então, deixa eu te ensinar um pouco de história da Inglaterra — falou com um irônico sorriso. O rosto de Layla ganhava encanto especial quando sorria. Seus dentes muito brancos contrastavam com os olhos grandes e amendoados e os cabelos escuros. O sorriso parecia iluminar sua face bem desenhada. Digamos assim, era um sorriso belo e com personalidade.

— Era uma vez — risos — a nobre portuguesa chamada D. Catarina de Bragança. Era filha de D. João de Bragança. Ela nasceu dois anos antes de Portugal libertar-se do domínio espanhol. Em 1640, quando foi restaurada a independência, seu pai foi aclamado rei. D. João IV. Após a morte do monarca, sua mulher Luísa de Gusmão quis garantir a monarquia lusitana contra a Espanha.

— Até aí, não vejo onde entra o chá — interveio John.

— Calma, deixe-me continuar. Um jeito muito eficiente de conseguir alianças militares era casando sua filha, D. Catarina. O rei da Inglaterra, Carlos II, aceitou a princesa como sua mulher. D. Catarina tornou-se, assim, rainha consorte da Inglaterra, Escócia e Irlanda. Em quase todos os livros consta, segundo o que li, que foi ela quem levou o chá para a Inglaterra e fez com que caísse nas graças dos súditos ingleses.

Layla completou:

— E não pára por aí. Ao se casar com Carlos II, a princesa portuguesa levou como um de seus dotes, a fortaleza de Tanger e a ilha de Bombaim, na Índia Oriental. Muito bem, uma boa porta de entrada usada pela Inglaterra para a Índia. Em troca, o monarca britânico auxiliou na manutenção da independência do território português. Em outras palavras, se a coroa britânica teve a Índia, foi muito graças a esse casamento.

— Eu não sei não. Você pode ou não ter razão — brincou John.

— Eu tenho razão, sempre!

— Muito bem, senhora convencimento em pessoa — concordou John.

Quando chegaram a Lisboa, trocaram telefones, msn, endereços, e esperanças de que pudessem sair novamente. Despediram-se. Layla corou e, disfarçando, ajeitou o cabelo.

Capítulo 6

Peixe Víbora e Notícias de Última Hora

*O tempo convencional carrega o fardo da impertinência.
Ponteiros escravos arrastam nos pés o peso da espera,
Minutam segundos da longa ausência e prolongam aflições.*

⁂

— Mãe, acho que estou adorando Portugal!
— Sei!
— Verdade, não esperava encontrar tanta beleza e charme!
— Sei!
— O passeio de ontem foi o máximo. Cada lugar legal!
— Sei!
— Pára de dizer "sei"!
— Gostou dos novos amigos, filha?
— Ah, isso...claro!
— O John é muito simpático, não é?
— Acho que sim, pode ser — disfarçou Layla.
— Tá legal, vamos deixar de conversa — interrompeu repentinamente Maria Isabel com um sorriso compreensivo, enquanto tomavam café da manhã no hotel. Logo cedo, o pai de

John ligou para seu pai e contou que vocês teriam combinado de se encontrar hoje no Shopping Vasco da Gama.

— Não combinei nada; eu só perguntei se eles iam hoje lá — emendou depressa Layla.

— Não precisa ficar na defensiva. Nós achamos uma boa idéia. Depois de irmos ao Chiado, pela manhã, almoçaremos no shopping. Eles estarão lá nos esperando na praça de alimentação.

— Sério? Maravilha, quer dizer... ah... tudo bem.

— Bom dia, meninas — exclamou André, que estava chegando.

— Quer dizer que a mocinha já tinha marcado encontro para hoje?

— Não, pai, não foi encontro. Eu só comentei que iríamos ao shopping hoje.

— Não precisa se justificar. Na verdade, acho muito bom fazermos amigos... AMIGOS — enfatizou André, entre brincando e falando sério.

— Claro! Também penso assim — concordou Layla depressa.

— Muito bem, nosso dia começará no Chiado e no Carmo. De lá, iremos ao shopping.

Layla não se cabia de contentamento. Iria ver John novamente. Mais um dia com companhia de sua idade, na verdade, na companhia dele. Teria com quem conversar assuntos de adolescente, fazer brincadeiras e ver as novidades. John, em sua opinião, era um rapazinho divertido e bem animado. Além do mais, ousava confessar para si mesma que o achou o melhor acontecimento da viagem. Seu humor melhorou imensamente naquela manhã.

Com o pretexto de subir para ir ao banheiro (ou sala de banho, como se diz em Portugal), ela voltou ao quarto e mudou de roupa. Passou bem uns 15 minutos escolhendo a melhor calça jeans, a camiseta bordada e aquela jaqueta que julgava ser a mais linda que já tivera. Colocou a botinha marrom, escovou de novo os dentes, ajeitou os cabelos lisos com a escova, passou brilho nos lábios, espirrou aquele perfuminho bom e se examinou demoradamente no espelho.

A manhã estava mais fria do que nos outros dias, o que obrigou todos a se agasalharem melhor. As mulheres preveniram-se com echarpes de lã e luvas de pelica. Layla achava o máximo usar luvas.

Chegaram ao Chiado, na colina a Oeste da Baixa. Subiram pela estreita rua Garret, que tem o nome do poeta e escritor João Almeida Garret. Principal via do Chiado, é a preferida de jovens portugueses, turistas e muita gente bonita e elegante. Butiques finas, lojas tradicionalíssimas, de grife, pequenas galerias de arte foram passando em desfile pelos olhos atentos da família.

— Gostei daqui — exclamou Layla.

— Olhem a forma elegante como se vestem — reparou Maria Isabel.

— Só vocês, mulheres, vêm passear do outro lado do Atlântico para reparar no que as pessoas estão usando. Dá pra acreditar?

— Dá, André! Se você pôde vir do outro lado do Atlântico discutir futebol com o taxista, nós podemos olhar o que o povo está usando — arrematou Maria Isabel.

Xeque Mate. Layla riu cúmplice.

Subitamente, pararam em frente ao café "A Brasileira", conhecido dos intelectuais do início do Século 20. Em uma das mesinhas do lado de fora da casa, a estátua de bronze em tamanho natural do poeta Fernando Pessoa, sentado em uma cadeira, observava os pedestres. O poeta costumava ser freqüentador assíduo do local.

Como muitos turistas estavam fazendo, Layla sentou-se na cadeira ao lado, como se estivesse conversando com o poeta, para tirar uma foto. Por mais lugar comum que parecesse, não havia quem resistisse à atração de fazer isso. Entraram e tomaram o cafezinho servido por um garçom brasileiro.

Olga, senhora portuguesa que tomava um chá, puxou conversa e contou que, em 1988, ocorrera um incêndio no Carmo e o centro do Chiado fora bastante atingido, com a destruição de quatro quarteirões.

— Um projeto consciente de reconstrução está devolvendo a vida ao bairro — informou ela.

Entraram em muitas lojas, na Galeria Chiado; passaram pela praça Luís de Camões e o Largo do Chiado. Viram o imponente Teatro Nacional de São Carlos, construído no estilo do La Scala de Milão.

Outro ponto de parada naquela manhã foi, bem no alto da colina, as ruínas da imponente Igreja do Carmo. Construída no final do Século 14, ela desabara durante missa cheia de gente, na hora do terremoto no Século 18. A parte que resistiu ao abalo transformou-se em museu arqueológico. Layla não estava prestando muita atenção ao que via. Já era quase meio-dia e sua cabeça tinha chegado ao shopping antes de seu corpo.

Então, André disse as palavras mágicas:
— Vamos agora.

Layla nem viu o caminho por onde seguiam. O táxi parou na frente do moderníssimo Shopping Vasco da Gama, à beira do Tejo, na Costa Leste de Lisboa, junto ao Parque das Nações.

Para que se entenda o impacto de chegar lá, é preciso antes fazer alguns esclarecimentos. Trata-se de um complexo ultramoderno, projetado para abrigar a Expo 98. Atualmente, é um dos mais arrojados espaços de convivência para os lisboetas, servindo como lazer e centro cultural. Dele fazem parte edifícios residenciais, hotéis, pavilhões de exposição, calçadões, o oceanário, a monumental estação de metrô, ônibus e trem e a Torre Vasco da Gama, além do shopping.

Quem mora em São Paulo dificilmente impressiona-se com um shopping, mas esse, era preciso admitir, era daqueles bem legais. Movimentadíssimo. Por todos os lados, andavam jovens bonitos de todas as idades, vestindo todos os estilos, além de moradores e turistas. A todo vapor, acontecia uma liquidação de inverno. Lojas cheias, banheiros cheios, tudo muito lotado. Layla subia pelas escadas rolantes apressada. No andar de cima, a praça de alimentação. Lá, no local marcado, a família de ingleses, com sua pontualidade britânica, esperava pelos brasileiros.

A pressa de Layla foi mais do que recompensada. John abriu um ansioso sorriso ao vê-la. Prontamente retribuído. O tão esperado beijo rápido no rosto e, com alegria, se cumprimentaram.

Layla e John não perderam tempo e depressa começaram a conversar sobre coisas insignificantes para os pais, mas de vital importância para dois adolescentes. Quando Layla atrapalhava-se com a língua inglesa, o rapaz parecia julgar isso um charme a mais e prontamente ensinava a garota. Quem os visse, garantiria que, para os dois, não existia mais ninguém no shopping.

Naquele momento, a conversa girava em torno de escola e amigos. Falavam sobre as matérias que gostavam e as que odiavam, como geometria. Contaram sobre amigos e desafetos. Não eram de andar em turmas muito numerosas; prefeririam amigos chegados. Gostavam muito de animais e música. Falavam de preferências e ódios culinários. Pelas aparências, Portugal havia se tornado a viagem de suas vidas.

— John, você precisa conhecer o Brasil.

— Eu gostaria muito, mas é muito longe, vai ser difícil.

— Não tem nada de longe. Eu não estou aqui, do outro lado do mundo?

Layla já fantasiava receber John em São Paulo e o apresentar aos amigos. Seria o máximo chegar à escola com aquele inglesinho tão simpático e bonito, que conhecera na Europa. As meninas morreriam de inveja.

— Aquelas metidas da escola teriam um chilique — pensou, divertindo-se ao imaginar a cena.

A verdade é que os dois amigos tinham muito em comum e a conversa seguia fácil, o que não era muito freqüente acontecer com Layla em relação a meninos.

Depois saíram para explorar o Parque das Nações. Tudo muito arrojado e contemporâneo. Primeiramente, como não poderia deixar de ser, foram ao Oceanário de Lisboa. Um fantástico aquário, com imensos tanques, abrigando ampla variedade de espécies marítimas, pássaros e alguns mamíferos. O criativo edifício de vidro e aço tem 25 mil espécimes de animais e plantas vindos dos oceanos Pacífico, Atlântico e Índico.

Os visitantes impressionaram-se realmente. Layla escolhera o Oceanário como um dos lugares de que mais tinha gostado até então. A companhia parecia ter bastante influência sobre a escolha. Os garotos não perdiam a oportunidade de comentar cada novidade. No Pavilhão do Conhecimento, puderam apreciar o Museu de Ciência e Tecnologia. Não subiram na Torre Vasco da Gama, que, segundo ouviram, era o prédio mais alto de Lisboa.

A tarde avançava agradável e eles caminhavam ao longo das calçadas margeando o Tejo. Olhavam a Ponte Vasco da Gama, que fazia a ligação da cidade com o outro lado do rio. A futurista obra de engenharia tem 16 quilômetros.

Por Que Portugal?

O sol já estava para se pôr, o que acontece cedo no inverno. Mais uma vez, Layla fascinava-se com a paisagem do rio ao entardecer. Desta vez, tinha John a seu lado. Um amigo que dificilmente encontraria de novo. Ela realmente havia apreciado conhecê-lo. Um suspiro escapou involuntário. Adivinhava que teria saudades desse momento.

— Layla, gostei bastante de conhecer você. Espero que a gente continue a se comunicar pela internet. O mundo está ficando cada vez menor e um dia poderei decidir ir sozinho ao Brasil. Quem sabe nós nos encontraremos de novo.

— Tomara. Quando você estiver na Inglaterra, espero que sempre se lembre de sua amiga brasileira. Toda vez que você estiver no rigor do inverno, eu estarei derretendo de calor no verão. E vice-versa. Vamos, com certeza, manter contato. O mundo corre mais rapidamente do que a gente pode perceber. Por isso, tenho o pressentimento de que não é a última vez que nos vemos. Espero que você não me esqueça.

— Seria difícil esquecer uma garota que conhece o peixe víbora — riu John, fazendo referência a uma conversa muito maluca que tiveram no Oceanário. O peixe víbora possui órgãos luminosos chamados fotóforos e vive em águas muito profundas. Espantosamente, Layla sabia tudo sobre esse espécime.

— Engraçadinho.

— Falando sério, espero te ver novamente — despediu-se John. Tirou do bolso um pequeno embrulho de presente para a jovem. Era um minibichinho de pelúcia do Oceanário.

— Gostamos muito do lugar. Por isto, quero que fique com essa lembrança.

Os pais de John e de Layla aproximaram-se e foi Maria Isabel quem deu a notícia:

— Amanhã, iremos todos juntos em mais uma excursão a cidades próximas a Lisboa. De lá, seguiremos para Coimbra, onde tomaremos caminhos diferentes.

À noite, em seu quarto no hotel, Layla pensou no dia seguinte, quando seguiria viagem. Sequer conseguiria expressar a alegria pela decisão dos pais. A despedida seria adiada. Será que estava gostando de verdade de John? Como saber; nunca tinha gostado de ninguém. Gostar era isso? Querer ver alguém todo o tempo? Transformar um simples papo na conversa de sua vida? Sonhar acordada? Ficar nervosa só em imaginar vê-lo novamente? O espelho transformar-se em aliado ou inimigo? Sentir-se bela de repente? Pular de alegre a triste, sem escalas?

Não sabia. Precisava dormir. Afinal, não era só o Descobrimento de Portugal que a esperava pela manhã. Uma tempestade inesperada no meio do caminho poderia desviar o destino da viagem.

Capítulo 7

A Bela Inês de Castro e Amores Impossíveis

Ao assassinato da bela Inês, sobreviveram paixão e lenda. Vozes do passado denunciavam a inexplicável insistência de amar.

ೋೋೋ

— Nossa primeira parada será Óbidos. Depois, iremos a Nazaré, Alcobaça, Batalha e, por último, Fátima — informava Sra. Terezinha, guia da excursão que pegaram naquela manhã em Lisboa. Ela falava sem descanso, anunciando a chegada a Óbidos.

John e Layla, da janela do ônibus de turismo, enxergavam de longe a vila branca cercada pela imensa muralha. Terezinha contou que, antes, a fortaleza ficava sobre o mar. Depois, o porto fora assoreado. As casinhas brancas, com telhados de telha vermelha, davam à vila um encanto especial. No alto, via-se o velho castelo que tinha origem ainda na época dos mouros. O rei português, D. Dinis I, deu a cidade de presente de casamento para sua esposa, Isabel de Aragão, no final do Século 13. Tradição repetida por outros monarcas por centenas de anos. Na metade do Século 20, o castelo dentro da fortaleza foi transformado em pousada.

— Um dia vou dar uma cidade para minha namorada. Aposto que o seu namorado não pensou nisso.

— Não tenho namorado, mas a sua ficará muito feliz de ganhar um presentinho assim.

— Atualmente não tenho namorada. Pensei que estava gostando de alguém, mas, não. Namorar sem gostar é muito chato. Só percebi agora. Os meus amigos fazem isso o tempo todo, mas não tem nada a ver comigo.

— Você fala como se fosse um grande especialista no assunto.

— Pior que não. Por isso, não sei bem como agir.

— É só ser sincero. As garotas apreciam — disse Layla, abrindo o caminho.

John engasgou e foi salvo por Terezinha.

— Chegamos.

Layla ficou sem resposta.

Desceram do ônibus e entraram a pé pelo portão sul, ou Porta da Vila, em Óbidos. Layla e John atravessaram o belo portal da muralha, revestido de azulejos muito antigos e realmente bonitos. Seguiram pela estreita e charmosa ruazinha central. Pequenas lojas de artesanato estavam abrindo as portas. Parecia o despertar de uma cidadela medieval recebendo forasteiros com sorrisos.

— Sinto-me realmente uma princesa em sua cidadela antiga — dizia Layla a John.

Apesar do frio cortante, o céu azul animou o grupo a subir e a percorrer o perímetro da muralha.

— Sei que, para quem vive na Inglaterra, isto não deve ser novidade, mas para nós, brasileiros, é verdadeiramente mágico e diferente.

Por Que Portugal?

— Vamos Layla, não seja preguiçosa. A vista de lá de cima deve ser espetacular — chamou o pai.

Depois de relutar, ela iniciou a subida. Nas pedras, quase escorregou e foi salva por John. Os dois, meio abraçados, olharam-se por alguns segundos.

A vista realmente valia a pena, muito embora Layla agora só tivesse olhos para o retrato ruivo de olhos azuis à sua frente. Enxergava-se longe. Lá de cima, a adolescente admirou o horizonte azul. Comparou com o Brasil, país também de paisagens deslumbrantes e inigualáveis. Porém, essa experiência de estar no topo da muralha de uma fortaleza milenar e de histórias centenárias era única e fez a jovem raciocinar que cada lugar tem seu encanto e atração peculiar.

A figura de Layla observando além da muralha tornava-se quase atemporal, exercendo fascínio sobre John, que também não conseguia deixar de olhar para ela. No fundo, embora não admitam, até os garotos têm seus momentos de romantismo. Permaneceram em silêncio, aproveitando a singularidade da situação.

Ao descerem, passaram pelo pequeno castelo. Maria Isabel não resistiu e queria saber como era a pousada lá dentro. Foi até a portaria, disse ser do Brasil e estar muito curiosa para conhecer o interior do castelo. A moça afirmou que não havia problema.

— Um charme, vejam todas essas salas decoradas com sobriedade, mas muita elegância; são aconchegantes também — dizia Maria Isabel. O pequeno lance de escadas levava ao banheiro, todo decorado com finas toalhas de linho e sabonetes perfumados. O pequeno grupo de ingleses e brasileiros aproveitou e tomou um refrigerante no bar da pousada. Ficou um pouco lá para se aquecer. Lá fora, o céu azul vinha muito bem acompanhado pelo vento frio.

Caminharam, em seguida, até a Igreja de Santa Maria. Segundo explicou depois a guia, naquela igreja o príncipe Afonso V, que viria a ser rei, casou-se com a prima Isabel, na metade do Século 15. O curioso é que eles eram muito jovens, adolescentes. Coisas de política.

A parada, infelizmente, não foi longa e a excursão saiu em direção a Alcobaça. Maria Isabel, no ônibus, comentava eufórica a beleza da cidade deixada para trás. Todos na excursão sentiram não ter mais tempo lá.

Layla e John, no entanto, não conversavam. Repentinamente, sentiam-se um tanto constrangidos. Se a percepção de que talvez estivessem se gostando de verdade os alcançou, ninguém saberia dizer, somente os dois adolescentes.

A viagem prosseguiu e, pouco depois, chegaram a Alcobaça. A caminhada pela cidade pitoresca e alegre culminou, após passarem pela ponte sobre um rio, com uma parada no imenso Mosteiro de Santa Maria de Alcobaça.

Os visitantes apreciavam de fora o enorme complexo arquitetônico da abadia cisterciana (de monges franceses seguidores dos princípios de abstenção de riquezas e ostentação, além de dedicação ao trabalho, oração e silêncio). A construção iniciou-se à época do primeiro rei de Portugal, Afonso Henriques, e terminou por volta do ano de 1200. A importância da abadia foi crescente durante seis séculos.

Terezinha explicou que, em 1810, a abadia fora pilhada pelas tropas francesas de Napoleão Bonaparte e, em 1834, os monges abandonaram o local, em função das ordens religiosas terem sido, na ocasião, banidas do país. Hoje, o complexo está vazio e pode ser parcialmente visitado.

A excursão começou a visita pelas dependências da abadia, entrando por uma porta lateral na frente da igreja. Visitaram o Claustro do Silêncio, com vegetação e laranjeiras, o grande dormitório e a enorme cozinha. Layla e John gostaram particularmente dos tanques que eram alimentados diretamente pelo rio. As imensas lareiras para assados também causaram admiração.

Depois, ao voltarem para fazer a visita à igreja, os viajantes não puderam deixar de se deslumbrar com o que viram. Ao transporem o portal gótico da entrada, depararam-se com a espetacular visão da tripla nave de 109 metros de extensão (trata-se da maior igreja de Portugal), com colunas imensas e arcos sustentando o teto abobadado altíssimo. Apesar da grandiosidade do espaço, tudo era austero e muito simples. No altar principal, somente um crucifixo e a imagem de Cristo.

— Como pode a falta de adornos ser tão grandiosa? — pensava Layla.

Conforme explicava incansavelmente a guia, os monges dedicavam-se à arte e à literatura, além de terem formado uma das maiores bibliotecas do país.

— Cuidavam também da agricultura.

Os integrantes da excursão espalhavam-se dentro da igreja, tirando fotos. John andava animado ao lado de Layla. A menina não notava, mas ele parecia apreciar o movimento de seus cabelos com mais interesse do que seus pais, Paul e Vivian, examinavam a arquitetura gótica.

Ela, por sua vez, gostava cada minuto mais da companhia daquele inglês tão alto quanto interessante. Juntos, eram contagiantemente jovens e felizes. Por que não arriscar dizer que já estavam apaixonados? Simplesmente porque nunca sabemos exatamente quando isso acontece. Para usar de honestidade, nenhum dos dois havia dado conta do que estava ou poderia estar acontecendo. Apenas aproveitavam cada minuto juntos, como se fosse um desperdício de vida qualquer outra coisa.

Duas enormes tumbas de pedra calcária do Século 14, ricamente esculpidas, destacavam-se bem perto do altar. Posicionadas uma de frente para a outra, eram impossíveis de não ser notadas, pois ocupavam lugar de destaque na igreja, em duas naves laterais. Restaurações em partes dos entalhes esculpidos em pedra indicavam que nem os túmulos foram poupados da pilhagem feitas pelas tropas francesas de Napoleão.

— Aqui estão enterrados os famosos amantes: o rei Pedro I e a bela dama da corte Inês de Castro. As várias figuras esculpidas nos túmulos revelam-nos um pouco dessa história trágica de amor — começou a contar dona Terezinha.

— Reparem que os pés de um estão voltados para os pés do outro. Isto foi feito por determinação de Pedro I, para que, quando se levantassem no dia do Juízo Final, a primeira pessoa que veriam seria o outro. Bom, mas é melhor contar a história toda — falou, percebendo o olhar de curiosidade dos ouvintes. Era exatamente o que pretendia: deixá-los curiosos.

— Pedro, nascido em 1320, era filho do rei Afonso IV. Por questões políticas, casou-se com Constança, princesa do reino de Castela. Com sua mulher veio uma dama galega, a bela Inês de Castro, pela qual Pedro apaixonou-se perdidamente e iniciou um romance. A corte, na época, ficava na então capital de Portugal, a cidade de Coimbra. Quando Constança (com quem Pedro teve um filho) morreu, ele passou a viver com a amada Inês. Com ela teve três filhos. Esse romance, porém, não era bem visto na corte, em função da influência política que os irmãos de Inês, os Castro, exerciam sobre Pedro, principalmente no sentido de intervir na dinastia castelhana e, talvez, se aventurar em uma luta contra o reino de Castela. O rei tentou dissuadir o filho dessa união, sem qualquer resultado.

A guia parou de falar, fez uma pausa dramática e continuou:

— No ano de 1355, em uma reunião do conselho de D. Afonso, nobres influentes convenceram o rei de que a única solução para o caso seria a morte de Inês. No dia 7 de janeiro, quando Pedro estava fora da cidade, os nobres foram até o Paço de Santa Clara, em Coimbra, e degolaram Inês. O lugar hoje é conhecido como a Quinta das Lágrimas. O fato, porém, não aproximou o príncipe do pai. Ao contrário, Pedro jamais o perdoou e, muito menos, os nobres que conspiraram contra seu grande amor.

John olhou para Layla. Terezinha prosseguiu:

— Dois anos depois do trágico acontecimento, Pedro assumiu o trono de Portugal, devido à morte de seu pai, o rei D. Afonso. A força da revolta do apaixonado pôde, então, ser sentida em toda a sua intensidade. Dois dos três assassinos de Inês foram capturados e executados com brutalidade. Um teve o coração arrancado pelo peito e o outro, pelas costas — Terezinha contou.

— Pedro anunciou que havia se casado em segredo com Inês antes de sua execução (fato não comprovado e baseado apenas na palavra do rei) e que ela deveria ser reconhecida rainha, mesmo depois de morta. Mandou exumar seu corpo, que foi transferido para o mosteiro de Alcobaça, a fim de ser colocado nessa rica tumba. Na ocasião, encomendou também seu túmulo, nessa posição em que vocês podem ver agora. Reparem nos detalhes da tumba de Inês. Embaixo, estão esculpidas cabeças de gente com corpo de fera. São os assassinos de Inês, que agora seguram sua pesada tumba. Pedro escolheu o mosteiro pela proximidade afetiva que mantinha com os monges, que sempre o acolheram. A vinda do corpo de Inês fora marcada por cerimônias cheias de pompa e beleza.

Terezinha tomou fôlego e fez uma pausa de suspense.

— Uma lenda conta que Pedro, ao desenterrar seu corpo, teria realizado uma cerimônia de coroação da rainha, fazendo com que os nobres beijassem suas mãos decompostas. Seu amor por Inês tornou-se lendário e até hoje mexe com a imaginação.

Muitos poetas e escritores, dentre eles Camões, contaram a triste história dessa paixão que nem a morte pôde apagar. Pedro governou por dez anos e foi extremamente popular.

— Isso é que é amor, o resto é conversa — falou alto a mulher que estava ao lado de Vivian.

— O amor anda em baixa na sociedade atualmente. É uma pena — completou balançando a cabeça.

Layla mal conseguia disfarçar. Impressionara-se com a narrativa. Triste história de amor incompreendido e separado. A garota acabara de ter a confirmação de suas suspeitas: Portugal era romântico demais. Cenário perfeito de tantos amores... do trágico entre Pedro e Inês.... do incógnito e apartado de Ana Clara.... do seu, que estava fadado a ter de terminar com as férias.

Capítulo 8

Previsões de uma Velha Senhora e o Silêncio do Santuário

*Velhas senhoras prenunciam fados
possíveis, escondidos em guardanapos.
Velhas senhoras, donas de jovens idéias, não temem a sorte.*

☙❦❧

Nazaré, a próxima parada, era uma aldeia de pescadores. A vila tornara-se local de veraneio e, apesar disso, não perdera características bem tradicionais. O restaurante onde almoçaram oferecia ampla vista da praia, emoldurada por penhascos. Maria Isabel notou a mulher vestida de preto, com a cabeça coberta por um lenço também preto, limpando peixe em frente à sua casa. Nada mais pitoresco. No inverno, quase sem turistas, a praia estava deserta e quem se via na rua era a população local.

Apreciaram o linguado com batatas e a sopa. À mesma mesa em que almoçavam, sentaram-se também duas senhoras simpáticas. Eram espanholas e comentaram o quanto estavam gostando do passeio. Dona Juanita, a mais velha e animada, quis saber de Layla algumas informações sobre o

Brasil, e foi muito simpática. Por algum motivo, parecia perceber que algo estava acontecendo entre os dois adolescentes e, sem mais nem menos, deu um suspiro e disse sorrindo francamente:

— Ah, se eu tivesse a idade de vocês dois, não teria escolhido lugar melhor para me apaixonar para sempre. Sabem, quem encontrou o amor verdadeiro tem o poder de identificar onde moram amores não revelados. Faz muito tempo, mas essas coisas a gente não esquece.

Rostos corados de vergonha desviaram o olhar com súbito interesse pelas batatas do prato. A senhorinha e sua irresistível simpatia tomaram conta da mesa. A conversa do almoço seguiu relaxante e tranqüila, como um gato manso sendo acariciado pelo dono.

Desceram pelo calçamento até a praia. Layla apreciava o vilarejo e a conversa com John retomara tranqüilamente seu curso. De diferente, só o fato de estarem ainda mais gentis do que antes um com o outro. Layla e o amigo pararam atraídos pela vitrine de uma pequena loja no calçadão para pedestres. Os pais compravam castanhas assadas, oferecidas por uma vendedora vestida de preto.

— Estranho a senhora espanhola ter dito aquilo. Por que será, ela nem nos conhece? Na verdade, acho que gostei dela — arriscou John, completando:

— Ela tem jeito de quem conhece muitas coisas. Talvez tenha um pouco de cigana no sangue e o dom de ler mãos, ou melhor, rostos.

Layla não sabia o que entender dessa frase. Preferiu a versão de que John gostou do que ela disse sobre se apaixonar e queria deixar isso bem claro.

— Também gostei dela. Quanto a ter poderes paranormais, só o tempo dirá.

Por Que Portugal?

O sol deixava o dia frio bem mais agradável. Paul e Vivian aproveitavam para andar pelo calçadão ao lado de André e Maria Isabel. Os quatro davam-se muito bem. Os pais de Layla contavam sobre o Brasil e sua diversidade cultural. Layla e John agora já falavam abertamente sobre planos para se verem no futuro.

— Melhor você ir primeiro a São Paulo. Como já tem 16 anos, a chance de viajar sozinho é maior e, além do mais, para um inglês sai mais barato ir ao Brasil do que para um brasileiro ir à Inglaterra, por causa da diferença da moeda. Depois, se um dia for possível, vou a Londres.

— Pode ter certeza de que farei de tudo para ver seu sorriso novamente — ousou John.

Layla riu sem graça, mas adorou aquele comentário. Será que ele também já estava apaixonado por ela? Pois é, nessas alturas, Layla já sabia: estava gostando de John. Queria que a excursão durasse uma eternidade, embora soubesse que tudo terminaria em Coimbra. De felicidade total, só mais essa tarde e noite e o outro dia. Depois, cada um seguiria seu caminho. John iria à cidade do Porto e, de lá, pegaria o avião para voltar a Londres. Layla e seus pais viajariam de trem à Guarda, terra de Ana Clara e Antônio. Lá permaneceriam por dois dias e voltariam a Lisboa, de onde partiriam com destino ao Brasil.

— John, estou curiosa para ver a aldeia de meus bisavós. Minha mãe fala muito de lá. Já te contei? Antônio e Ana Clara eram seus nomes. Portugueses, eram originários de pequena aldeia. Foram para o Brasil ainda muito jovens. Entraram como imigrantes e lá formaram família. Nunca mais voltaram para cá. Nós seremos os primeiros descendentes deles a ver a aldeia.

— Puxa, que incrível! Vai ser uma emoção e tanto. Pena que não compartilharei esse momento com você. Pense em mim quando estiver lá, certo?

— Como se fosse preciso pedir para pensar em você, soltou Layla tão depressa que se esqueceu de não dizer em voz alta.

O sorriso de John demonstrou quase euforia. Era uma tarde perfeita, afinal.

A senhora espanhola, dona Juanita, de longe, piscou para Layla. Será que ela ouvira a conversa? Não! Estava muito longe para isso. Talvez tivesse mesmo algo de vidente ou era possuidora daquelas intuições inexplicáveis. Ou então, mais simples do que isso: entendia de amor.

John pegou a mão de Layla para ajudá-la a subir no ônibus. A parada seguinte, de apenas 15 minutos, foi em Batalha. A única visita foi a um ponto turístico que marcava um fato importante da história de Portugal: a abadia dominicana de Santa Maria da Vitória de Batalha, que se destaca pela importância arquitetônica e histórica: foi construída para comemorar a vitória do rei João I (primeiro da dinastia de Avis) na Batalha de Albujarrota, em 1385, sobre o reino de Castela, assegurando a independência de Portugal até 1580. No local, encontra-se o túmulo do próprio João I e de sua família.

— Durante o reinado de João de Avis, Portugal fortaleceu-se, fez importante aliança com a Inglaterra e iniciou a era das grandes navegações. Um de seus filhos, o príncipe Henrique, fundou a Escola de Navegação de Sagres. João I foi sucedido pelo outro filho, Duarte — explicou a guia da excursão.

— Layla, aqui cabe uma ligação histórica. Portugal assegurou a independência nessa época, mas a perdeu depois, no fim do Século 16. Como deve se lembrar, depois da morte de D. Sebastião, no Marrocos, houve uma crise de sucessão ao trono. Este acabou nas mãos do rei Felipe II, da Espanha. Portugal resgatou sua soberania em 1640, com o primeiro rei da dinastia de Bragança — lembrou André.

Por Que Portugal?

Layla, que já ouvira parte da história antes, em Lisboa, não prestava muita atenção. Estava encantada com as cores dos vitrais das enormes janelas refletidas pela luz do sol nas colunas da igreja. Os fragmentos de luzes coloridas davam a impressão de as colunas terem iluminação própria.

No caminho para a cidade de Fátima, John e Layla conversaram bastante sobre música. Sentiam falta de falar de alguma coisa que tivesse menos do que 10 anos. Tanta história em um único dia começava a confundir a cabeça. Não era porque não tivessem apreciado o passeio. Ao contrário! Queriam apenas tornar o assunto mais contemporâneo. Falar de amenidades.

O dia entardecia avermelhado e, pouco antes das 18 horas, chegaram a Fátima. O local tornou-se centro de peregrinação católica, desde 1917.

— Aconteceu em maio de 1917. Três crianças pastoras (Lúcia, Jacinta e Francisco) afirmaram ter visto várias aparições de Maria. Estima-se que o santuário receba, anualmente, cerca de quatro milhões de peregrinos — informou Terezinha.

Maria Isabel aguardava com alegria a visita ao santuário. A família de John não era católica e, sim, anglicana, da mesma forma que vários integrantes da excursão tinham outras religiões ou nenhuma. Eles, porém, entraram no lugar com o respeito devido a todo local de fé.

Os católicos dirigiram-se à igreja, na qual se iniciava uma missa. Os demais visitavam o conjunto do santuário. O Sr. Mário, que fazia parte do grupo, falou sobre a importância de se levar do lugar a espiritualidade reforçada, muito mais do que eventuais souvenires. Disse, também:

— A mensagem da Virgem de Fátima falava, antes de tudo, sobre a necessidade de se rezar pelo próximo e pela paz entre os homens.

No final da visita, a senhora espanhola, dona Juanita, emocionada, encaminhou-se em direção a Layla e, sem qualquer explicação e os olhos cheios d´água, beijou-lhe as faces e lhe deu um apertado abraço.

Layla emocionou-se muito também e entendeu aquelas palavras não pronunciadas.

A senhora espanhola, quase rouca, disse:

— Menina, que Deus ilumine seu caminho.

Layla e Maria Isabel, de braços dados, admiravam a grande esplanada. Lá fora, o silêncio tornava-se a melhor forma de oração. Foram até a capelinha.

— A humilde Capela das Aparições assinala o lugar exato da aparição e, na coroa da imagem que fica aqui, está a bala usada no atentado contra João Paulo II, em 1981. Ele mesmo a trouxe — disse para Layla uma menina que estava próxima à capelinha.

Tudo era silêncio, oração e paz.

John veio até Layla e, sem falar nada, acompanhou-a em uma caminhada pela esplanada.

A noite caiu e a excursão dirigiu-se ao hotel, nas imediações da cidade. Chegaram todos muito exaustos e com fome. Jantaram no hotel.

— Layla, amanhã iremos para Tomar e Coimbra e, depois de amanhã, nos despediremos. Preciso conversar sobre algumas coisas importantes, mas prefiro deixar para amanhã. Agora estou tão cansado que nem consigo raciocinar. Hoje foi um dia muito especial, você não acha?

— Pode ter certeza!

— Então, até amanhã — despediu-se John, dando um beijo no rosto de Layla.

A jovem, mesmo morrendo de sono, não tirava a frase da cabeça: "Preciso conversar sobre algumas coisas importantes".

Por Que Portugal?

O que seria? Gostou de imaginar uma longa declaração de amor.

— Acho improvável, mas, se for, de que adiantará? Não nos veremos mais. Triste como a história da Inês de Castro. Tudo bem, nem tanto, mas é muito triste. Acabei de me apaixonar pela primeira vez na vida e o *Romeu* vai embora depois de amanhã. Queria ser mais velha. Não! Queria que ele morasse em São Paulo, no mesmo prédio, de preferência.

— Nunca imaginei que essa viagem fosse ser assim. Ah.... agora sei como se sentiu minha bisavó. Será que, um dia, vou gostar de outra pessoa e me casar, como ela fez? Não! John será para sempre meu único e verdadeiro amor.

Em meio a esses pensamentos entre confusos e dramáticos, Layla adormeceu.

No "Descobrimento de Portugal", Layla percorria agora mares desconhecidos e fascinantes. Era natural perder um pouco o rumo, de vez em quando.

Capítulo 9

CAPITAL DO AMOR EM PORTUGAL

*Em Coimbra, lágrimas perpetuadas em fonte
Não lamentam o amor, o comemoram.*

൙൞

Layla combinava com a manhã radiante. Linda, vestia blusa azul turquesa, calça jeans preta, cabelos soltos e cheirosos, brincos e pulseira prateados, perfume suave e luvas de couro. Queria impressionar John no pouco tempo em que ainda ficariam juntos.

Mais uma vez, a vista era brindada com uma paisagem medieval: a cidade de Tomar. O centro é um mosaico de ruas estreitas e construções históricas, calçadas de pedra, muros e flores. Salgueiros às margens do rio Nabão dão o toque todo especial ao cenário da cidade, que fica ao pé da elevação montanhosa na qual se localiza o Convento de Cristo, outrora dos templários.

Os integrantes da excursão seguiram pelo labirinto de ruazinhas e vielas até uma das mais antigas sinagogas de Portugal, construída em 1430, com altas colunas e teto abobadado. Lá, visitaram o Museu Luso-Hebraico Abraão Zacuto (nome de renomado astrônomo e matemático do Século 15, que fez um novo e melhorado astrolábio, além das tábuas astronômicas, que orientaram as caravelas portuguesas). A sinagoga

Por Que Portugal?

fora usada como lugar de culto por 66 anos. No museu, tiveram a oportunidade de ver lápides com inscrições em hebraico e a memorabilia judaica. Um guia explicou que os registros mais antigos da presença de judeus em Portugal referem-se ao Século 5.

Layla gostou muito de conhecer a sinagoga e perguntou à guia mais detalhes sobre sua história.

Durante o passeio a Tomar, a adolescente conversava com a mãe e pouco ficou ao lado de John. Ele a observava de longe.

Tomar foi fundada, no Século 12, pelo grão-mestre da Ordem dos Cavaleiros Templários em Portugal. Maria Isabel indagava à guia de turismo sobre essa ordem, que tanto marcara a Europa no tempo das Cruzadas, e ouvia atentamente a explicação.

A excursão não permaneceu muito tempo na cidade. Partiu após visitar o que fora o "quartel general" dos cavaleiros templários de Portugal.

Ao chegarem a Coimbra, despediram-se das pessoas da excursão. Layla fez questão de ir cumprimentar dona Juanita.

— Gostei muito de conhecer a senhora. Espero que sua viagem continue muito boa.

— Obrigada, querida, adorei conhecê-la também. Essa sua viagem será inesquecível. Preste atenção a todos os momentos felizes. São memórias preciosas e vão fazer com que você supere os tempos difíceis. Quanto ao que você aprendeu, e ainda aprenderá nessa jornada, guarde em seu coração. É um maravilhoso começo.

Dona Juanita pegou a mão de Layla e apertou carinhosamente.

— Não deixe que a futilidade do mundo guie sua adolescência até a vida adulta. Conheça seu passado, para traçar com sabedoria seu futuro. Construa valores e sentimentos sólidos. Apenas aqueles que os possuem chegam íntegros ao final da jornada da vida. É o que sustenta o ser humano e lhe dá diretriz. Não se desvie do caminho da sinceridade, do bom senso e da fidelidade a seus sentimentos. Adeus e seja feliz!

— Adeus!

As famílias de Layla e John hospedaram-se no hotel e aproveitaram a tarde para andar por Coimbra. A cidade fora escolhida pelo primeiro rei, Afonso Henriques, como a capital de Portugal, no lugar de Guimarães. Foi assim até 1255, quando Lisboa tornou-se a capital.

Descrita de inúmeras e variadas formas, Coimbra é inspiração de poetas, escritores e músicos. Exerce o fascínio de um antigo tesouro, ao qual se acrescentam novas peças todos os dias e que desperta igualmente a cobiça de velhos e jovens.

A Universidade de Coimbra, no alto da colina de Alcáçova, domina a paisagem da cidade que vai descendo, em ruas estreitas e escadarias, até as margens do rio Mondego.

André, que lera a história da universidade, resolveu dar algumas informações a todos antes de entrarem.

— Uma das mais antigas do mundo, a universidade tem sua origem no documento assinado pelo rei Dinis, em 1290. No ano de 1308, foi instalada no Paço Real de Alcáçova, em Coimbra. A universidade, que inicialmente tinha seus estudos concentrados principalmente em direito, medicina e letras, chegou a se instalar também em Lisboa durante alguns períodos da história, transferindo-se definitivamente para Coimbra no Século 16.

Parecendo ter assumido o cargo de guia turístico, André ia falando sem parar:

— O conjunto monumental de edifícios da universidade fora construído originalmente, no Século 10, como fortaleza moura. Depois, Afonso Henriques transformou-a em palácio real. Passou a ser exclusivamente sede da universidade no Século 16.

    O pequeno grupo optou por conhecer primeiro a lendária Faculdade de Direto. Passou pela Porta Férrea (um monumental portão de ferro com mais de 400 anos) e, depois, entrou no pátio principal.

    Layla e John estavam parados no grande pátio externo. Depararam-se com a faculdade, a Capela de São Miguel e a Biblioteca Joanina. No alto, os dois podiam ver a galeria em colunas, conhecida como Via Latina. Setecentos anos de erudição, cultura e tradição os rodeavam. Era intenso o movimento de estudantes. Rapazes e garotas andavam de um lado para outro, carregando livros, entusiasmo e sonhos, remoçando os centenários pátios, corredores e salas de aula.

    Era quase hora da visita guiada à lendária biblioteca. Não poderiam perder a oportunidade.

    — Vamos John, esta é uma das maiores atrações da faculdade — chamou seu pai. Advogado, Paul esperava com ansiedade o momento de ver a biblioteca.

    Enquanto Layla comprava os ingressos, o estudante que os vendia notou a pronúncia de Layla e perguntou se era do Brasil. Os olhos negros fitavam o rosto de Layla. Visivelmente interessado, ele procurava esticar ao máximo a conversa.

    De certa distância, John observava os dois, contrariadíssimo; ainda mais pelo fato de não entender uma palavra do que diziam. Não eram somente seus cabelos que estavam em fogo. Desmentindo a fama de contido dos ingleses, John estava com o rosto rubro de raiva e os olhos azuis apertados fulminavam o português charmoso.

    Que história era aquela? O estudante dando em cima de Layla sem disfarçar. O que estariam falando? Pior, Layla esqueceu a presença dele. Nem olhava para trás. Sorrindo, a garota seguia animadamente a conversa. Talvez os ares latinos influenciassem naquela hora os humores do jovem inglês. Não havia dúvidas; estava com muito ciúme.

— Vamos, está quase na hora.

Layla, sinceramente, não entendeu o repentino mau humor na voz de John. Nem passara por sua cabeça que ele poderia ter ciúme dela. Seria bom demais para ser verdade, pois confirmaria o interesse do rapaz.

Quietos, andaram pelo pátio até a belíssima porta da biblioteca, que se abriria em mais alguns minutos. John não gostou nem um pouco quando o guia que acompanharia o grupo aproximou-se: era Pedro, o mesmo estudante de minutos antes.

Sem planejar o que estava fazendo, John pegou Layla pela mão e assim entrou na biblioteca.

— Isso é emocionante — comentou Layla, sem soltar a mão de John. É claro que não estava falando sobre a biblioteca, mas ninguém precisava saber disso.

Fingia que não percebera a repentina intimidade com que John segurava sua mão sem largar. Não entendeu o motivo, mas gostou. Fazer qualquer observação poderia estragar tudo. Olhou disfarçadamente para seu pai. Ótimo, parecia não ter percebido ou se importado.

— Legal, vou me fingir de morta e aproveitar o momento, que, aliás, poderia durar pelo tempo que a faculdade existe: séculos — dizia para si.

Pedro, estudante de primeiro ano de Direito, sempre muito agradável, explicou aos visitantes que a Biblioteca Joanina (o benfeitor foi João V) foi construída no início do Século 18. Monumento Nacional e uma das mais luxuosas do mundo, abriga cerca de 200 mil volumes antigos (até o ano de 1800), sendo que nas estantes estão 30 mil volumes encadernados, alguns muito valiosos. Atualmente, está aberta somente para visitas e eventos culturais, mas seus volumes ainda podem ser consultados mediante requisição no novo edifício da chamada Biblioteca Geral (que possui em torno de um milhão de documentos).

Layla tomou um susto ao entrar. Não era exatamente a idéia que tinha sobre bibliotecas, especialmente as que já conhecia. A visão dos três salões interligados da biblioteca barroca era impressionante: livros perfeitamente arranjados nas estantes de madeira em dois níveis (como um mezanino), sustentadas por colunas trabalhadas e detalhes pintados a ouro. Afrescos em perspectiva no teto, além do mobiliário de madeiras brasileiras e orientais davam ao lugar beleza ímpar.

Nem por um minuto Layla pensou em largar a mão de John, que permanecia forte em seu propósito de ficar de mãos dadas e evitar qualquer ofensiva de Pedro. Este, por sua vez, achou intimamente graça do ciúme do inglês e sorria para Layla, com a segurança (ou arrogância) de se saber mais velho, bonito e, é claro, universitário daquela famosa faculdade.

John continuava com o rosto fechado. Afinal, em uma verdadeira batalha para intimidar o adversário, um homem não sorri. Layla, que era muito desligada, inexperiente ou pouco convencida, não reparou na disputa silenciosa travada entre eles. Pena! Teria apreciado muitíssimo saborear a situação, e sua auto-estima elevar-se-ia acima dos níveis conhecidos. No entanto, estava ali, segurando a mão de John. Bastava. Só continuava a não entender a cara amarrada do garoto.

Pedro prosseguiu discorrendo sobre a Universidade de Coimbra e suas tradições. Ao saírem da biblioteca, foram até a antiga Capela de São Miguel, cujo teto apresenta delicadas pinturas e as paredes são azulejadas parcialmente. O esplêndido órgão de mais de 270 anos é o grande motivo de orgulho, com sua caixa pintada e esculpida.

Viram as interessantes salas de aula e Sala Grande dos Actos, também conhecida como dos Capelos, local dos principais eventos acadêmicos. Difícil descrever a alegria do pai de John ao ver tudo isso. Empolgado, Paul conversava com Vivian, André e Maria Isabel. André lembrava os grandes nomes que passaram pela Universidade de Coimbra, como o escritor Eça de Queiroz e o poeta brasileiro Gonçalves Dias. John, agora meio sem graça, já soltara a mão de Layla.

Finalizado o tour, as duas famílias foram tomar alguma coisa. As lanchonetes de estudantes costumam ser barulhentas e agitadas; a de Coimbra não é exceção. Em meio ao burburinho e muitas risadas, uma estudante loira que comia sanduíche deixou cair alguns papéis. Layla a ajudou.

Ao ver que eram turistas, a estudante Lídia interessou-se em saber mais sobre o grupo anglo-brasileiro. Layla, por sua vez, quis conhecer algumas das tão faladas tradições dos estudantes daquela casa.

Lídia falou sobre o traje acadêmico tradicional (para os homens, calça e batina pretas, cobertas por capa de lã comprida, igualmente negra, e chapéu).

— No início, para indicar a qual das faculdades pertenciam, os estudantes começaram a pregar fitas coloridas às suas togas: amarela para medicina, vermelha para direito e azul para letras. Passados 700 anos, esse costume ainda é lembrado. Quando termina o ano acadêmico em Portugal, em maio, ainda se faz publicamente a tradicional cerimônia da Queima das Fitas.

A moça contou que, normalmente, as festas de tradição universitária são muito famosas na cidade e atraem grande público.

Layla ouviu sobre as histórias de amor que tanta fama deram a Coimbra. A de Pedro e Inês de Castro já conhecia. Havia outras. Os moços (antigamente só os homens estudavam) vinham de todas as partes para cursar a faculdade. Por feliz coincidência, a idade de estudos é, também, a de se apaixonar. Por isso, logo arrumavam namoradas locais, às quais encantavam com sua cultura, charme, serenatas e beijos românticos às margens do Mondego, o rio dos poetas. Ao partirem, quando se formavam, deixavam saudades e moças chorosas a acrescentarem lágrimas às águas do rio.

— O fado de Coimbra recorda esses amores, está ligado à universidade e é cantado exclusivamente por homens usando trajes acadêmicos. Seu ritmo é diferente do de Lisboa. Canta-se preferencialmente à noite, no escuro, em locais como praças e ruas, sendo que os lugares mais típicos são as escadarias da Sé Velha e do Mosteiro de Santa Cruz — finalizou Lídia.

Os seis viajantes deixaram, então, os edifícios da universidade e foram descendo as ladeiras até a parte baixa da cidade, seguindo pelas escadarias e ruazinhas apertadas. No caminho, percorrido sem descanso por estudantes durante centenas de anos, as duas famílias viram construções antigas, muitas das quais abrigavam no térreo pequenas lojas de louça branca e azul, livrarias e cybercafés. Na baixa, em uma rua larga para pedestres, apreciaram as vitrines das boas lojas de roupa. Em uma delas, Maria Isabel comprou um charmoso casaco de lã bege para Layla. Pararam em uma das lanchonetes para comer alguma coisa.

— John, você gostou do passeio?

— Por que pergunta?

— Você parecia tão contrariado.

— Não, Layla, eu apenas não sabia que você preferia homens mais velhos — respondeu John, agora falando muito baixo.

— Como é que é?

— Pedro estava paquerando você, ou não sabia?

— Agora você delirou.

— Vai dizer que não percebeu?

— Não. Mas o que isso quer dizer? Parece até que está com ciúme.

— Já sei, não tenho o direito de ter ciúme, não é?

— Só aceito se for por ...— Layla parou a frase no meio. Nesse ponto, a conversa foi interrompida por André, que acabara de se sentar à mesa.

— Layla, o que foi que você mais gostou?

— Ah, não sei, talvez tenha sido a biblioteca — respondeu afobada, olhando imediatamente para John e pressentindo que acabara de dar a resposta errada.

— Gostei das salas de aula e das histórias de estudantes — comentou Maria Isabel.

— Sempre cultivei um desejo secreto de estudar em Coimbra. Minha avó tinha um parente que se formou aqui e comentava a magia do lugar.

Paul e Vivian adoraram o passeio também. Somente John não manifestou opinião.

Depois do sanduíche de almoço, todos andaram até a ponte do rio Mondego. Avistaram, na outra margem, o imponente Convento de Santa Clara-a-Nova.

Naquela tarde, depois de um demorado banho, Layla colocou sua melhor roupa e caprichou bastante na produção, o que não era muito de seu feitio, mas que agora estava quase se tornando um hábito. Usava o casaco novo.

Iriam jantar em um local especial: a Quinta das Lágrimas, palácio localizado junto ao Convento de Santa Clara e onde se conta ter sido assassinada Inês de Castro. Camões escrevera, nos Lusíadas, que suas últimas lágrimas se transformaram em fonte. Hoje em dia, o palácio é um elegante hotel e as duas famílias pretendiam jantar em seu restaurante.

John apareceu muito cheiroso. Vestia pulover vermelho escuro, jeans e bota preta. Por cima, como fazia muito frio, usava um longo casaco também preto e cachecol. Parecia mais alto ainda e mais velho. Ao vê-lo, Layla quase perdeu o ar de alegria. A reação não foi menos intensa da parte dele. Seria a última noite que estariam juntos na viagem.

    O cair da noite é especialmente mágico em Coimbra, quando luzes amareladas iluminam os edifícios históricos, destacando-os na paisagem. Os reflexos de luzes no Mondego dão-lhe aspecto quase irreal. Este era o quadro que viam enquanto seguiam de táxi até a Quinta das Lágrimas.

    O jantar no restaurante Arcadas da Capela foi absolutamente perfeito. Nada a acrescentar ou tirar. Depois, os pais esticaram a conversa em uma sala do hotel, onde conheceram um docente da Universidade de Coimbra. Luís Felipe, professor doutor e advogado especializado em direito comercial internacional, era bem informado, além de espirituoso e bem-humorado, o que tornava a conversa animada. John e Layla aproveitaram a deixa e foram passear sozinhos no jardim.

    Sem se importar com o frio, andaram silenciosos pelo lugar. John parecia agitado. Passava a mão nos cabelos e dizia uma palavra de vez em quando. Layla, um pouco nervosa também, ansiava pelo que o garoto tinha a dizer. Nada perguntou. Viram a fonte.

    — Layla, preciso confessar uma coisa, pois sei que não terei mais chance de conversarmos à sós — começou John.

    — Desculpe por hoje à tarde. Fiquei mesmo com ciúmes, como nunca senti de ninguém. Nos últimos dias, descobri muita coisa a meu respeito. Não sei bem o que aconteceu, mas a culpa foi sua. Ao seu lado, sinto-me tão à vontade. Não tenho a necessidade de fazer tipo ou esconder o que sou. Nem temo passar ridículo. Você é especial, alegre e não tem nada de artificial. É muito sincera, inteligente e sabe conversar, diferente de todas as meninas com as quais estou acostumado a conviver. Quando menos percebi, não pensava em mais nada, só em você. Tudo faz muito sentido quando estamos juntos.

O que eu quero dizer é que estou gostando de você. Não posso acreditar que vamos nos separar amanhã. Você não acha que a gente combina? Desculpe falar tudo isso.

— Não peça desculpas, John. Eu nem sei como começar, mas acho a mesma coisa — respondeu Layla com pressa e vergonha na voz.

— Com você, posso ser eu mesma. Nunca tinha me relacionado tão bem com um garoto. Não entendo nada de gostar, mas uma coisa eu sei: nunca senti isso por ninguém. Só tinha medo de você não estar sentindo a mesma coisa e ...

John não esperou o fim da frase e, delicadamente, deu um terno beijo nos lábios de Layla.

Mudos, os dois olharam-se com carinho. A eternidade pode caber em um minuto. Continuaram de mãos dadas o passeio pelo jardim. Nada disseram por longo tempo para não perturbar a música que tocava silenciosamente em seus corações.

Coimbra continuava viva e alcoviteira.

Capítulo 10

Juras, Despedidas e Nova Jornada

Nem sábios de Coimbra conseguem convencer o rio
A não ensinar amor.
Discreto, o Mondego ouve juras e nada responde.
Depois, o velho mestre renitente murmura sua correnteza
Ao ouvido dos que amam, para sempre.

❦

Amanhecia em Coimbra. A falta de sono pode ser muito cruel às vezes. Layla mal pregara o olho durante a madrugada. Na noite anterior, andara nas nuvens durante o passeio no jardim da Quinta das Lágrimas. Rememorou por horas cada detalhe de seu primeiro beijo; decorou as minúcias do que foi dito e interpretou todos os minutos de silêncio. A vida podia ser realmente boa; não fosse, naturalmente, por um pequeno detalhe: seria o último dia com John. Seu quarto transfigurou-se em uma quinta de lágrimas.

Maria Isabel aprontava-se no quarto ao lado. A mãe e o pai de Layla percebiam com clareza o que acontecia com ela.

Encantadora, Layla parecia ter mudado para bem. Os pais notaram que, agora mais confiante, a menina já tomava ares de moça. Crescera nesse pouco tempo, não em tamanho, mas

Juras, Despedidas e Nova Jornada

em maturidade. Viam, a cada dia, o amadurecimento da filha ao descobrir o amor. Propositalmente, mantinham discreta distância para dar espaço emocional à garota. Observavam sem fazer perguntas, o que era extremamente difícil, especialmente para André. Para o pai, Layla pareceria sempre uma menininha. Maria Isabel, ao custo de muita lábia, convenceu o marido a não fazer comentários, perguntas ou insinuações engraçadinhas.

— Mãe, a que horas parte o trem para a Guarda? Preciso arrumar minhas coisas — disse Layla ao entrar no quarto.

— Às 14 horas. Antes vamos almoçar com a família de John. A viagem está ótima, não acha? A presença dos ingleses tornou-a bem interessante. Já trocamos endereços e e-mail. Pode ser que nos encontremos novamente. Estou convencendo-os a conhecer o Brasil e talvez programar uma viagem pelas praias do Litoral Norte paulista. Não seria má idéia ir a Londres também. Agora que peguei o gostinho por viagens...

— Puxa, mãe! Se você conseguir... prometa que vai fazer força para que aconteça .

— Não estou prometendo nada, mas vou fazer o possível.

O reencontro de Layla e John deu-se à mesa do café da manhã. Infelizmente, com todos os pais presentes. Havia tanto a falar e dispunham de tão pouco tempo. Sorrisos cúmplices conversaram sem parar durante a refeição.

As duas famílias reservaram a manhã para passeios sem compromisso; uma pausa depois da agitação da viagem. Intencionavam relaxar, sentir o lugar sem pressa, percorrer ruas interessantes e apreciar a arquitetura coimbrã. Os pais entravam vez ou outra em alguma loja de louça ou local histórico.

Layla e John aproveitavam para tomar sol enquanto conversavam na calçada, assumidamente de mãos dadas. O namoro misturava-se à paisagem e ao movimento de estudantes. A maior tradição de Coimbra é, afinal, a juventude.

Por Que Portugal?

Caminharam até a margem do rio Mondego.

— Layla, não terminamos aqui, tenho certeza. Vamos nos reencontrar; nem que demore. Nosso encontro não foi por acaso, nem nosso sentimento, uma brincadeira de adolescentes. Somos determinados, sabemos o que queremos. Vamos conseguir.

— Você acha, de verdade? Seria fantástico.

— Layla, aceite essa lembrança — disse John ao tirar um pequeno pacote do bolso.

Da caixinha preta sobressaía o brilho da medalha de filigrana em forma de coração, pendurada em uma corrente de prata.

— Use para lembrar dessa viagem e de nós.

— John, é linda! — comentou Layla, enquanto a colocava no pescoço.

— Obrigada. Também tenho algo para você — disse a garota.

Tirou da bolsa uma caneta chique e papel de carta decorado. John fitou-a intrigado e agradeceu.

— Vivem dizendo para escrevermos nosso próprio destino. Muito bem; escreva o nosso com essa caneta que comprei em Coimbra para você. Vou ditar; pegue o papel.

John obedicia mecanicamente.

— Vamos lá, escreva: "O oceano não separa um coração inteiro".

Com a voz determinada, completou:

— Esse é o nosso destino. Guarde o papel e a caneta e não se esqueça de mim ou desse momento.

O rapaz escreveu e alegremente concordou. Layla raciocinou que, se não dera certo com sua bisavó, estava na hora de reescrever a história da família. Como resgate de honra, mudaria o final da história: veria John novamente.

O pacto foi selado com um beijo. Daquele momento em diante, planos e esperanças permearam a conversa até a tarde.

Juras, Despedidas e Nova Jornada

Quase duas horas da tarde. Na estação de trem, agitados estudantes aglomeravam-se nas plataformas de embarque. Era sexta-feira. As aulas terminaram e muitos voltavam a suas casas para passar o final de semana. Namorados e amigos despediam-se. O destino de muitos eram as cidades menores e aldeias. Outros iam a Lisboa e à cidade do Porto.

Layla e a família compraram passagem para a Guarda. John e os pais seguiriam para o Porto. O trem dos brasileiros seria o primeiro a partir. Na plataforma, os dois namorados despediram-se. Pela primeira vez na frente de John, Layla chorou e foi consolada com um carinhoso abraço. Os pais de ambos observavam a cena à distância, com pesar.

— Tchau! Viu? Eu aprendi a falar como vocês do Brasil — despediu-se John.

O trem entrava lentamente em movimento. Layla, da janela, acenou até perder John de vista. Coimbra sumia ao longe, mas jamais desapareceria das lembranças de Layla.

A viagem para a Guarda durava pouco mais de duas horas. Após uma hora da partida, as lágrimas contidas não molhavam mais os olhos amendoados da brasileira. Como a maioria dos adolescentes, passado o impacto inicial, agora agia como se tudo e todos tivessem culpa de seu infortúnio: Maria Isabel, André, os alegres estudantes do trem que riam jogando cartas, o próprio trem, as malas, a paisagem, o frio etc. Mal-humorada, não conversava e respondia rispidamente a qualquer tentativa de diálogo por parte dos pais, que acharam melhor deixá-la quieta.

O trem passou por lugares bonitos do Interior, que ela sequer viu. Cidades pequenas, campos, vinhedos e rios desfilavam pela janela. Em cada estação iam desembarcando os passageiros, muitos deles já esperados por alguém na plataforma. Ao descerem, os estudantes acenavam para os amigos que ainda prosseguiriam viagem. A Guarda seria a última parada.

Por Que Portugal?

Maria Isabel, então, abordou a filha.

— Layla, eu sei que você está triste. Em seu lugar, eu também estaria, mas é preciso ter consciência de que mau humor e rispidez não vão fazer você sentir-se melhor.

— Eu sei, mas a viagem será uma droga, daqui em diante — respondeu.

— Isto é você quem decide. Temos mais alguns dias somente. Depois voltaremos para o Brasil. Pense que lá, você terá bastante tempo para ser triste.

Depois de pensar um pouco, Maria Isabel falou:

— O escritor português Fernando Pessoa, em um de seus poemas, ressaltou: "Tudo vale a pena, se a alma não é pequena". Que tal considerar o que aconteceu como uma das aventuras mais emocionantes de sua vida. Apaixonar-se pela primeira vez; ser correspondia; e (não é o máximo?) tudo acontecendo em uma viagem à Europa. Quem das suas amigas já teve oportunidade de namorar em ruazinhas de cidades medievais, castelos e de tomar chá ao lado da lareira enquanto a temperatura lá fora era negativa? Considero um começo e tanto. Apenas pense a respeito.

Layla, que mal dormira na noite anterior, acabou adormecendo por uma hora. Acordou com melhor disposição.

"O oceano não separa um coração inteiro". Quase tinha se esquecido da história de Ana Clara. Da mesma forma que Layla, a bisavó teria percorrido essas paisagens com a tristeza da despedida. O ponto em comum com a bisavó despertou nela solidariedade atrasada em quase cem anos.

Repentinamente, um momento de absoluta lucidez acometeu Layla: decidiu que não estragaria com lamúrias a viagem tão esperada por seus pais e na qual, até o momento, tinha sido tão profundamente feliz. Não estragaria tudo para si mesma. Ela e John não mereciam lembranças ruins daqueles dias. Superaria a dor da despedida e depositaria imensa confiança na idéia de ver John no futuro.

No mais, como nada restava a fazer por enquanto, Layla resolveu descobrir tudo a respeito de sua bisavó. Quem ela teria deixado para trás quando partiu para o Brasil? Como era ele? Qual seu nome? Como acontecera a despedida de seu grande amor. Eles, provavelmente, jamais se encontraram novamente.

Entendia agora o fado sobre Coimbra, cantado pelo rapaz no restaurante... "E aprende-se a dizer saudade".

O trem, quase vazio, parou na Guarda. Estava escurecendo e a os termômetros marcavam abaixo de zero. Foram diretamente para o hotel (um residencial), do qual já tinham indicações e que ficava bem no centro histórico da Guarda. Cansados, queriam repousar.

O hotel agradou particularmente Layla. A gerente, muito atenciosa, informou que o residencial estava instalado em edifício histórico, incluindo parte da muralha da cidade, a qual se via com destaque, iluminada por luzes no solo. O prédio passara recentemente por total remodelação.

— O interior é rústico e a arquitetura, contemporânea. É um perfeito exemplo do novo e do antigo, em simbiose de conforto e beleza — comentou André.

Maria Isabel não poderia estar mais animada. Finalmente conhecia a Guarda, cidade mais alta de Portugal (1.056 metros de altitude), localizada numa árida colina, junto à Serra da Estrela e a 37 quilômetros da fronteira com a Espanha. No finalzinho do Século 12, o rei Sancho I fundou a cidade, totalmente murada e com cinco portas (restam duas preservadas), para proteger a fronteira. A aldeia Videmonte dista uns 17 quilômetros dali.

Após breve descanso, a família, com roupas bem mais quentes, sentou-se na sala a fim de descobrir um lugar para jantar. Cristina, uma bonita jovem que aparentava ter 20 anos, traços bem definidos, cabelos enrolados e castanhos, bota

Por Que Portugal?

cano alto marrom, saia justa de lã, meias grossas e blusão alaranjado, puxou conversa com Maria Isabel. Era de Lisboa e viera para aproveitar a estação de inverno. Na Guarda, nessa época, costuma nevar.

Disposta a ser útil, Cristina informou haver bons restaurantes na Guarda, com preços razoáveis. Os seus preferidos localizavam-se na ruazinha que saía da praça da catedral.

Durante a conversa, a moça contou uma história engraçada, que ouvira de um garoto da cidade. Não sabia se o caso fazia parte das lendas locais, ou se era apenas fruto da imaginação do menino.

Nas noites de frio e nevoeiro, costumava vagar pelas ruas da Guarda o fantasma de uma mulher. Ela viveu por volta de 1800. Naquela época, numa madrugada de muita neve, insistiu em sair para se encontrar com o namorado, cozinheiro de uma rica família. Era um namoro proibido pelos pais da moça. Ela saiu escondida e às pressas e pegou todos os agasalhos que estavam pendurados perto da porta. A jovem nunca mais foi vista na cidade. Se fugiu com o seu amado, ninguém sabe.

O certo é que, até hoje, seu espectro — conhecido como a Louca da Guarda — anda pelas ruas nas madrugadas de inverno, com três casacos de cores e comprimentos diferentes e um xale enrolado na cabeça.

Cristina tinha quase certeza de que a história, que ninguém com quem conversara confirmou, era mesmo uma invenção do menino, numa tentativa de criar um clima de mistério para sua diversão. De qualquer maneira, a moça lisboeta disse ter achado a história divertida e recomendou a Layla, em tom de brincadeira, que tivesse cuidado com a Louca da Guarda ao sair a pé naquela noite...

Lá fora, intensa neblina esfumaçava as ruas escuras de pedra. Layla, André e Maria Isabel andaram nem um quarteirão e logo se avistaram com a soberana, imensa, gótica e sóbria catedral. De aspecto externo sombrio, a igreja combinava com o cenário austero da cidade-fortaleza. Das torres quadradas, um morcego alçava vôo.

O pequeno e simples restaurante era acolhedor, com poucas mesas. O menu completo incluía pão, azeitonas, queijo, caldo verde, trutas assadas com amêndoas, batatas cozidas, vinho ou água, a sobremesa "leite ao creme" (um creme à base de ovos e leite e com açúcar caramelizado por cima) e café.

Layla aproveitou o jantar para conversar com a mãe.

— Com quantos anos morreram meus bisavós?

— Quando morreram, ele tinha 94 e ela, 90. Viveram muito. Formaram uma família numerosa. Estavam sempre juntos e conversavam bastante — recordou Maria Isabel com saudade.

— Mantiveram os costumes portugueses em sua casa. Lembro como se fosse hoje da cozinha cheirosa de minha avó. Meu avô também contava muitas histórias sobre a aldeia. Tinha muita saudade de lá. Quando ele saiu com o pai para tentar a vida no Brasil, com apenas 16 anos, nunca mais voltou. A aldeia ficou gravada em sua memória.

— E a bisavó?

— Ela saiu da aldeia mais tarde, com 19 anos. Viajou com os primos para o Brasil. Acho que porque conheceu meu avô, não quis voltar mais. Ana Clara não tinha mais pai e a mãe ficou em Videmonte. Na vovó, a pronúncia portuguesa era mais acentuada do que no vovô. Ela amava o Brasil e fazia questão de manifestar isso sempre. Uma coisa curiosa sobre os dois é que sempre estavam abertos às novidades e modernidades. Não aparentavam a idade que tinham.

— Você conviveu muito com eles?

— Muito. Ia sempre à casa deles. Tão arrumadinha, com samambaias vistosas e jardins bem cuidados de roseiras e romãs. A comida cheirosa, o pão-de-ló bem alto e fofo. Queijo, vinho, boa conversa e sueca não faltavam.

Por Que Portugal?

— O que é sueca?
— É aquele jogo de cartas que todos os seus tios-avós e tios jogam. Seu bisavô era o melhor de todos. Não tinha pra ninguém. Já na sua aldeia jogava sueca. Vou te ensinar depois. Essa viagem a Portugal está sendo uma experiência muito emocionante para mim. Ouvir o povo falando, observar o seu jeito e os costumes... é como ter os avós de volta. É como se, de algum modo, eu também fosse daqui. Reconheço minha origem em cada pessoa ou paisagem que vejo.
— Eles falavam da aldeia? — quis saber Layla.
— Ele mais do que ela. Descrevia-a com detalhes. As ruas são estreitas, e há uma fonte na rua principal, na qual se a gente colocar a mão, no inverno, não agüenta o gelado. Videmonte fica perto daqui, no meio da Serra da Estrela, próxima à nascente do rio Mondego.

Maria Isabel, enquanto conversava, tomava vagarosamente o café.

— Faziam festas das quais toda a comunidade participava. A vida era dura. Os habitantes cultivavam o campo e criavam ovelhas. Um dos queijos mais famosos de Portugal é o da Serra da Estrela. Uma parte da família de Antônio, meu bisavô, vivia na Quinta (sítio) das Morenas. A família de minha avó era comerciante e morava bem no centro da aldeia.

Ao saírem do restaurante, uma surpresa para os nascidos no brasileiro país tropical: começava a nevar.

Maria Isabel e Layla perderam a voz. Quietas, admiravam os pequenos flocos dançando no ar. Caiam tontos, fofos e graciosos. A neve inesperada acrescentava a cereja no bolo da viagem. Hipnotizados, pais e filha acompanhavam o trajeto dos flocos brancos, contrastando com a escuridão da noite.

— Meu avô Antônio chamava essa neve que cai muito espalhada, devagar e dançando de "neve buraqueira", pois vai entrando em todos os buraquinhos dos muros e casas.

André, abraçado a Maria Isabel, ria sozinho.

— Encomendei a neve para você, meu amor — gracejou com a esposa.

Layla abriu os braços e, como criança, girava lentamente. A neve caía gelada em seu rosto e se aninhava na manga do casaco de lã. A sensação era única.

Para ser perfeito o momento, só se John estivesse ao seu lado agora. O calor do entusiasmo de ver pela primeira vez nevar só não aquecia a alma porque a saudade gelava mais o coração do que a neve.

Capítulo 11

A Fonte da Aldeia

Saudade é o vazio
Que arrebenta ao transbordar.

⊙⊰⊙

Na sala iluminada pelo teto de vidro, a família tomava um café da manhã reforçado, no qual a principal vedete era o saboroso e renomado queijo de leite de ovelha da Serra da Estrela, considerado por muitos o melhor de Portugal. Coagulado tradicionalmente com a flor do cardo, essa iguaria cremosa é uma experiência única em termos de paladar.

A família pretendia aproveitar bem o tempo naquele dia. Eram quase 10 horas. Em trinta minutos, chegaria o táxi contratado que os levaria a Videmonte, freguesia do Conselho da Guarda, com população de mais ou menos 550 habitantes e terra natal dos avós de Maria Isabel.

Ao saírem do hotel, perceberam os vestígios de neve ainda não derretida nas calçadas e telhados. O táxi chegou e partiram.

O caminho até a aldeia estava árido em razão do inverno. Muitas pedras margeavam a estradinha asfaltada e serpenteante, que ora descia, ora subia o caminho serrano. Ainda havia neve no campo. Vez ou outra, aparecia um carro. Ao cruzarem um rio límpido no vale, o taxista os informou que essa região da Serra da Estrela era a nascente do rio Mondego, que ali era chamado de Mondeguinho.

Layla, involuntariamente, soltou alto um suspiro. Lá estava o Mondego novamente, de águas límpidas e azuis, a lembrar os olhos de seu inglês ruivo, alto, espirituoso, divertidamente ciumento e muito carinhoso. Quantas vezes na vida ela ainda teria de cruzar estas águas da saudade? O rio testemunhara sua felicidade, seu namoro e a despedida sofrida. Quase um amigo íntimo, o Mondego sabia coisas importantes da vida da garota. Corria, rápido, para Coimbra. Tinha pressa de presenciar novos amores e juras.

A estrada subia tortuosa agora. Era preciso tomar cuidado com a neve no acostamento. Maria Isabel mantinha-se estranhamente calada. A emoção embargava a voz. André segurava sua mão. Avistavam-se à distância os picos totalmente nevados da Serra da Estrela. Telhados de pedra anunciavam Videmonte. Remota e isolada, a aldeia dava a impressão de estar perdida no tempo.

O táxi diminuiu a velocidade ao entrar na aldeia. Não se via ninguém no calçamento da rua. Combinaram com o motorista o horário da volta.

O ar gelado castigava o rosto e o gorro não segurava totalmente o frio. Layla ajeitou o gorro de couro forrado de lã e subiu o cachecol até o nariz. Observava a rua vazia. Casas de pedra (com telhado igualmente de pedra) faziam parte do inusitado cenário. Onde estariam os habitantes do lugar?

Maria Isabel, estática, tinha lágrimas no rosto. Acabara de reconhecer a fonte tão bem descrita por seu avô. Na ruazinha perto da igreja, a fonte continuava no mesmo lugar de quase um século atrás. Como se estivesse sozinha, não esperou pelo marido e a filha. Dirigiu-se para lá. Tirou as luvas, guardou-as no bolso e fechou as mãos em concha, pegou água e bebeu.

Por Que Portugal?

Molhou o rosto sem se importar com a temperatura extremamente fria da água.

— André, é verdade, não se pode ficar com a mão por muito tempo na fonte. É muito gelada — disse alto Maria Isabel, eufórica.

O marido não pronunciou qualquer palavra. Admirava a jovialidade e ternura com que a mulher agia.

— Venha Layla, você precisa beber dessa fonte. É a fonte da juventude — brincou Maria Isabel.

— Essas águas correm em nosso sangue há muito tempo. Pelo que sei, a família de meu pai tem raízes profundas e antigas nesse lugar. Raízes de terra humilde, sem artificialismos, regadas por águas cristalinas.

Layla aproximou-se e bebeu, ficando com os dedos endurecidos pelo contato com a água gelada.

André lembrava-se dos seus avós, também imigrantes no Brasil. Aproximou-se da mulher e da filha.

— E eu, embora estrangeiro, também posso?

— Pode não; deve — respondeu Maria Isabel, puxando André pelo braço.

Maria Isabel, por razões que só seu coração conhecia, ao chegar à aldeia lembrava-se muito de Antônio, mais do que de Ana Clara. Na infância, o avô era quem mais contava detalhes do lugar. Em suas histórias, descrevia com precisão cada pedra, cada rua, os costumes, e a poesia rústica escondida na vida daquele povoado. Maria Isabel avaliou em profundidade como teria sido amarga a despedida de Antônio, de sua mãe e de sua querida terra natal.

A solidão da família foi quebrada com a aproximação de uma senhora idosa, de cabelos brancos, vestida de preto, como o costume das viúvas da aldeia.

Sorridente e curiosa, perguntou se eles procuravam por alguém.

— Procuramos por Rita, uma parenta nossa — respondeu Maria Isabel.
— Somos brasileiros. Os tios da senhora Rita eram meus avós.
— Claro que conheço. Rita é sobrinha de Ana Clara, que vivia fora de Portugal. Mora na casa de pedra, nessa mesma ruazinha, um pouco mais para baixo. Vou contigo até lá.
— Obrigada, a senhora é realmente muito gentil.

A aldeia tinha tão poucos habitantes que a maioria se conhecia, principalmente os mais velhos.

Ao chegarem, agradeceram à senhora que os acompanhara, e bateram na porta da casa. Uma moça de 18 anos atendeu. Bem vestida e sofisticada na medida certa para sua idade, ela não parecia ser da aldeia. Era Maria Fernanda, neta de Rita, que se surpreendeu ao vê-los. Não era exatamente comum chegarem visitantes desconhecidos.

— Sou Maria Isabel, vim do Brasil. Minha avó era tia da dona Rita. Ela está?

Maria Fernanda chamou a avó, que veio até a porta.

Maria Isabel apresentou-se e à sua família. Rita gostou da surpresa.

— Conheci minha tia Ana Clara quando eu era criança. Uma moça bonita, sempre alegre. Minha mãe sentiu saudades da irmã, quando ela partiu. Quanto à minha avó, morreu quando eu era criança, mas me lembro dela falar muito da filha que fora para o Brasil. Nunca se conformou com a distância entre elas — contou Rita.

Rita convidou-os a ficar para o almoço. Agradeceram, mas não aceitaram. Não queriam incomodar com a visita inesperada. Rita insistiu e, como não aceitassem, mandou Maria Fernanda colocar a mesa para tomarem chá com broa, pão de centeio feito em casa, geléia e queijo. A moça saiu e, minutos depois, estava colocado o lanche.

Por Que Portugal?

Maria Isabel perguntou, então, sobre a família do avô Antônio. Soube que vivera na Quinta das Morenas e que ele tinha partido para o Brasil junto com o pai, em 1916. Portugal passava por um período econômico difícil. Nos primeiros anos depois da queda da monarquia, a nova república enfrentou crises políticas e econômicas. Muitos iam para o Brasil na esperança de conseguir fazer a vida e mandar buscar a família ou voltar com alguma poupança.

Quanto a Ana Clara, Rita não tinha idéia do motivo pelo qual fora ao Brasil.

— Sei que foi com primos e não voltou.

Maria Isabel, então, contou para Rita sobre a parte da família brasileira. Falou de seu pai e dos irmãos dele (eram primos de Rita). Entregou os presentes que trouxera do Brasil. A conversa estendeu-se.

Layla ouvia tudo atentamente. Por enquanto, nenhuma pista sobre o namorado secreto da bisavó. Sem agüentar mais, vencendo a timidez, a menina perguntou, para surpresa geral:

— Por acaso, a senhora sabe se ela deixou algum namorado aqui na aldeia?

Todos riram.

— Não, queridinha, pelo que me recordo, ela não tinha namorado. Contavam que recebera uma proposta de casamento de um jovem aqui da aldeia, pouco antes de viajar para o Brasil. Mas, ao que se sabe, não era seu namorado. O pobre não se conformou quando ela não voltou.

Era isso. Layla descobrira o fio da meada. Muito provavelmente era ele. Por que será que Ana Clara partiu? Será que a família impôs a viagem para fazê-la esquecer do pretendente que não aprovava? A história ficava cada vez mais interessante. Precisava saber mais. Porém, como?

Sem vislumbrar qualquer alternativa para descobrir mais, Layla engatou um diálogo com Maria Fernanda. A moça, estudante de Comunicação, morava com os pais na cidade do Porto. Cabelos castanhos emolduravam seu rosto meigo e expressivo. Aproveitara o final de semana para visitar a avó. Chegara não fazia meia hora. Gostava de ir à aldeia no inverno, quando nevava, e no verão, quando muitos vinham a Videmonte passar as férias. Layla e Maria Fernanda trocaram endereços de e-mail e prometeram continuar se comunicando.

Os brasileiros agradeceram a calorosa acolhida e saíram para conhecer melhor a aldeia. Caminharam bastante tempo observando as casas (algumas modernas). O comércio era quase inexistente. Na igreja, repararam no sino doado pela família de Antônio. Maria Isabel gravava tudo em sua memória e na máquina fotográfica.

Um camponês muito idoso aproximou-se, com um ancinho na mão. Puxou conversa. Quis saber por que vieram até Videmonte. Lembrou de épocas passadas. Falou sobre o lugar e o tipo de vida que tinham lá. Comentou que, nos dias de hoje, os jovens não querem mais viver no campo. A população da aldeia estava decrescendo com o passar dos anos. A região da Serra da Estrela, no entanto, parecia estar ganhando crescente interesse por parte dos turistas.

O Sr. Augusto, quando criança, conhecera bem a mãe de Antônio. Eram meio parentes. Depois da partida do marido e do filho, ela adoeceu. Não voltou a ver nenhum dos dois, pois morreu no ano seguinte.

André e Maria Isabel valorizavam demais a oportunidade de poder estar ali. De mãos dadas, seguiam pelas ruazinhas rústicas e apreciaram os campos parcialmente cobertos de neve. Às vezes, viam alguém na rua ou na frente de suas casas. O frio recolhia os moradores em suas residências. Sem poder evitar, Layla imaginava a bisavó vivendo no lugar. Parece que não iria descobrir muito mais do que já soubera até agora.

Por Que Portugal?

Não tinha importância. Em sua mente, a história já estava formada.

Quase hora de partir. De repente, os três ouviram alguém chamar seus nomes. Era Maria Fernanda, que vinha esbaforida rua acima. Trocara de roupa e usava traje mais confortável e apropriado ao campo.

— Minha avó quer falar convosco, antes de partirem.

Sem perguntar por que, voltaram à casa de Rita. Lá, ela os recebeu na porta, muito agitada.

— Pensei que não haveria tempo.

Estendeu a mão e deu a Maria Isabel uma caixa de madeira, pequena e amarela. Ela explicou que, quando as visitas saíram de sua casa, lembrou-se de uma caixa que pertencera a Ana Clara. Tinha ficado com a mãe de Rita. Ela pretendia enviá-la para o Brasil, mas nunca o fez. Ao se recordar da caixa, pediu para Maria Fernanda procurá-la pela casa, e aí estava.

Maria Isabel abriu com cuidado. Eram cartas. Conforme explicou Rita, algumas tinham sido enviadas por Ana Clara para sua irmã. Outras pertenceram a Ana Clara e ficaram em Videmonte quando ela foi embora para o Brasil.

Maria Isabel não sabia como agradecer o presente tão valioso. Beijou a senhora com carinho e disse que mandaria notícias.

— Adeus.

Layla mal acreditava. Sem dúvida, eram informações sobre a bisavó. Muita sorte terem ficado mais um pouco na aldeia.

O táxi partiu, levando a família de volta para a Guarda. No caminho, enquanto Maria Isabel comentava (repetidas vezes) com André absolutamente tudo o que tinham vivido naquele sábado, Layla estava com a cabeça e as mãos na caixa amarela.

— Mãe, posso abrir?

— Agora não. Vamos deixar para ver no hotel.
Muito bem, Layla agüentaria mais um pouco. Sua cabecinha trabalhava sem parar. Tudo indicava um final de tarde bem instigante. Jantaria e, depois, começaria a ler as cartas.

Na volta, quando o motorista passou pela aldeia dos Trinta, Maria Isabel quis saber sobre os conhecidos cobertores de lã produzidos na região. O taxista dispôs-se a parar em uma fábrica para poderem fazer compras, se quisessem.

André vetou a proposta.

— Nada de carregar cobertor na bagagem.

Muito justo!

De volta à Guarda, foram recebidos por mais um espetáculo de neve. Desta vez, nevava de modo mais intenso. Dormiriam na Guarda aquela noite e partiriam para Lisboa no trem que saía às 16 horas do dia seguinte.

Depois do banho quente para espantar o frio, Layla sentou-se no quarto e foi inevitável pensar em John. Recordou momentos agradáveis ao seu lado. Mas, havia as cartas... ótimo... isso distrairia sua cabeça para que não se sentisse tão triste.

Saíram para jantar cedo. A neve dava charme à cidade e ainda atraía irresistivelmente Layla. Alegremente, passaram pela praça, procurando outro restaurante para experimentar. A comida local era muito boa. Depois de comer, Layla esperava com ansiedade o momento de abrir as correspondências de Ana Clara.

Na volta para o hotel, perguntaram a um menino, todo encapotado, sobre um bom lugar para comprar chocolate. Rafael, cujas bochechas vermelhas contrastavam com a pele muito branca e os cabelos escuros, indicou uma loja da qual saíra segundos antes. O garotinho, vivaz e desembaraçado, apresentou-se e, na inocência e espontaneidade de criança pouco afetada, emendou informando aos viajantes que, no dia seguinte, faria 10 anos. Estava orgulhoso por ficar "tão mais velho".

Todos acharam encantador o jeito de Rafael. Cumprimentaram-no efusivamente pela importante data.

— Muito obrigado — respondeu no alto de seus quase dez anos.

— Se vocês querem chocolate, aquele é o melhor lugar. Posso apresentá-los ao dono da loja. É meu amigo. Sempre paro lá para comprar doce. Hoje, depois de usar o computador daquele café ali adiante (pois ainda não tenho um na minha casa), parei para comprar esse chocolate.

A frase caiu como uma bomba na cabeça de Layla. Ainda não tinha lhe ocorrido que poderia usar a internet e mandar um recado para John antes mesmo que ele partisse para Londres. Talvez ele tivesse a idéia de ler os e-mails da caixa postal.

Deixou os pais e rapidamente foi até o café. Infelizmente, John não estava on-line. Em um e-mail longo, Layla discorreu sobre seu dia, a aldeia, o Mondeguinho e as cartas. Confessou muita saudade. Na hora de enviar, hesitou.

Não seria ela a entrar em contato primeiro. E se John nem pensasse mais nela? E se, para ele, fora apenas um namoro de férias sem conseqüências? Sofreu ao imaginar que ele poderia nem pensar nela naquela noite. Definitivamente, não queria parecer oferecida ou fácil. Não! Não daria sinal de vida até ele tomar a iniciativa.

— Não vou pegar no pé — avaliou.

Sem muita convicção, vacilou. Finalmente decidiu: não enviaria o e-mail. Não custava esperar. Na verdade, custava muito, mas era melhor assim.

De volta ao hotel, Layla abriu a caixa amarela. Passou horas lendo as cartas. Queria costurar de uma vez por todas a história de Ana Clara, a moça de Videmonte.

Já madrugada, a neve insistia em dançar sem platéia.

Capítulo 12

O Cometa Halley, o Fim do Mundo e Duas Crianças

Hoje, não há mais cometa a seguir, nem guias, nem homens.
Atônita estrela guia, és apenas um astro.

෴

A madrugada chegou sem aviso e se instalou nas ruas brancas e geladas da Guarda. Das 15 cartas, faltava apenas uma para ser lida. Depois dela, tudo estaria esclarecido. Layla abriu o envelope. Percebeu, em poucos segundos, ser aquela a carta mais importante de todas. Depois de ler, não podia mais dormir. Era forçoso entrar no quarto da mãe.

Os pais estavam no quarto ao lado, que permanecia fechado. Às 3 horas da manhã, não queria assustá-los batendo na porta. Precisava improvisar. Nenhuma idéia boa ocorria-lhe. Só havia uma alternativa: tentar dormir e checar a última informação antes do café da manhã.

Tarefa difícil a de esperar. Levantou-se, lavou o rosto e tomou água. Sem convicção, ajeitou o travesseiro fofo e deitou. Puxou os cobertores e fechou os olhos na esperança de dormir ou cochilar. Apagou a luz do abajur. O sono, pelo jeito, não era um convidado daquela noite. Layla rolou de um lado para outro por algum tempo. Na luta entre o cansaço e a ansiedade, venceu o cansaço.

A adolescente acordou atrasada, se é que alguém está realmente atrasado em uma viagem de turismo. Seus pais, já prontos para o café da manhã, bateram na porta. Layla pulou da cama. Abriu a porta de pijama.

— Mãe, precisamos conversar. Vamos para seu quarto.

— O que é tão importante assim?

— Vamos, eu explico — falava Layla empurrando Maria Isabel apartamento adentro.

Layla, autoritária, disse que precisava urgentemente ver o medalhão da bisavó.

— Tudo bem. Deve ter sido bem estranho o seu sonho da noite passada...

— Não tem nada a ver com sonho. Por favor, preciso ver o medalhão agora — pediu de maneira mais amena e fazendo beicinho.

Maria Isabel estava usando o medalhão por baixo do casaco. Tirou do pescoço e o entregou na mão da filha.

Layla abriu o medalhão, tirou a foto do pai e pegou o papelzinho amarelado lá guardado. Devolveu a jóia para a mãe.

Abriu a última carta e checou: o papelzinho cabia exatamente num espaço recortado da carta; a mesma letra, o mesmo papel. A chave que faltava para desvendar o passado.

— Não acredito! Consegui!

Layla pulava pelo quarto feito uma maluca.

Maria Isabel observava, surpresa, a reação da filha.

— O que foi? Ganhou na loteria? Descobriu uma herança milionária? — perguntou achando graça.

— Melhor, muito melhor. É uma herança sim, de vida, mas nada que dê para ficar milionária. Se eu fosse detetive, aí sim, talvez ficasse milionária. Sou boa nisso — comemorava, balançando os longos cabelos brilhantes.

— Chega de mistério! Você acaba me pondo nervosa. Conte logo o que está acontecendo. Onde o medalhão entra nisso? Qual foi a grande descoberta? Vamos, Layla! A semelhança entre você e seu pai é incrível. Os dois adoram me ver implorar para saber o que está acontecendo.

— Você não acredita que, depois do trabalhão que tive para costurar a história, eu a entregaria de mão beijada, sem suspense? — provocou Layla.

— Brincadeira, mãe, contarei tudo, só não posso fazer isso agora. A história é comprida. Não dá para resumir. Tem a ver com sua avó Ana Clara.

— Não diga! Isso eu pude perceber — disse Maria Isabel.

— O caso é o seguinte: trata-se da história de amor dela. Descobri tudo lendo as cartas que a senhora Rita nos entregou. Vou trocar de roupa. Conversaremos mais tarde. Prometo que não demoro.

Maria Isabel olhou para o marido parado à sua frente. Os dois acharam graça da euforia de Layla. Amor era o tema preferido dela agora, mesmo os acontecidos há quase cem anos. Saíram para o corredor.

A viagem, afinal, acabara por ser muito interessante para Layla, refletia Maria Isabel.

— Para quem, a princípio, não queria vir, a viagem está se revelando bem atraente e importante — comentou com o marido.

— São lições para nós também. Quando resolvi viajar, fiquei em dúvida se Layla aproveitaria. A maioria dos jovens não vê graça nesse tipo de turismo. Valeu a pena, afinal. Nunca a vi assim. Não gosto de admitir, mas ela está mesmo crescendo — filosofou André.

— Estou curiosa para saber o que ela descobriu. Hoje à tarde, no percurso de quatro horas do trem até Lisboa, ouvirei

Por Que Portugal?

os detalhes da descoberta de Layla a respeito de minha avó. Estou pressentindo uma tarde nada enfadonha.

O restante do tempo que ainda tinham na Guarda foi bem aproveitado. Percorreram os pontos turísticos e compraram chaveiros (por que sempre se compra chaveiros em viagem?).

Maria Isabel insistiu na aquisição de um queijo da Serra da Estrela para levar aos parentes do Brasil. André, mais uma vez, ponderou que carregar queijo na bagagem não era exatamente um sonho ao qual almejasse. Vetou. Que a esposa escolhesse outra coisa menos cheirosa, não perecível e sem gordura.

Pais e filha percorriam despreocupadamente as ruas da cidade. O fim da viagem aproximava-se. Em parte alegres por voltar para casa, lamentavam o final de tão maravilhosa jornada.

A animação de Layla com o desvelar da história de Ana Clara intercalava-se com melancolia. Deixaria Portugal, terra na qual germinou seu primeiro amor. Já sentia saudades de John e, pragmaticamente falando, suas férias chegavam ao final e ela voltaria às aulas (sem John).

Layla, no entanto, parecia ter um trunfo guardado na manga. Algo gerava mais confiança e a motivava.

O relógio, burocrático como sempre, interrompeu qualquer arroubo de descompromisso. Hora de embarcar para Lisboa. O trem já os aguardava na plataforma e não tardou em partir.

— Muito bem, mocinha! Quando seremos brindados com a honra de saber o que você tem de tão misterioso para nos contar? — indagou André.

— Você disse algo a respeito de uma história de amor — completou Maria Isabel.

— O que vou revelar é absolutamente novidade. Ao menos era para mim, até ontem.

A adolescente, ao começar a falar, assumiu ares de seriedade, como um detetive revelando o final das investigações de um crime em filmes policiais.

— Mãe, no início da viagem, você contou a respeito de seu medalhão e a mensagem contida nele. Fiquei curiosa. Ao que tudo indicava, minha bisavó teria deixado um apaixonado na aldeia quando ela partiu para o Brasil. Minha curiosidade aumentou ao saber do pedido de casamento que Ana Clara recebera na aldeia. As informações batiam, mas eu não tinha como checar minhas hipóteses. Foi quando, por obra fantástica do destino, você ganhou a caixa amarela.

Layla mostrou a caixa e as correspondências.

— Ontem à noite, li a totalidade das cartas. Algumas eram destinadas a Ana Clara, antes de ela sair de Portugal. Todas foram escritas pela mesma pessoa, um rapaz. A outras, Ana Clara escreveu-as para sua mãe e sua irmã, quando já estava no Brasil. Não só consegui levantar a história de amor, como descobri muito a respeito daquela época, dos imigrantes e do passado de nossa família. As cartas continham muitas lembranças e revelavam fatos da vida de Ana Clara.

Depois de uma pausa estudada para dar dramaticidade à narrativa, Layla continuou.

— Revelarei os fatos em ordem cronológica, não necessariamente na seqüência da correspondência. Juntei pedaços de informações espalhadas pelas cartas e ali estava, diante dos meus olhos, a história toda — falou Layla, impostando a voz e levantando as sobrancelhas de maneira dramática.

— Layla, não conhecia seu lado detetive; muito menos sua habilidade narrativa — espantou-se André.

— Estou impressionada! — admirou-se Maria Isabel.

— Tudo começou com o cometa Halley — prosseguiu Layla, indiferente aos comentários.

— Como é que é? O que o cometa tem a ver com isso? Acho que não estamos falando da mesma coisa. A última vez que o cometa pôde ser visto da Terra foi em 1986. E, como você não era nascida, vou te contar uma coisa: esperava-se, no Brasil, um espetáculo magnífico no céu, mas o que se viu foi a difusa imagem do cometa.

— Por favor, não interrompam — cortou Layla, séria, divertindo-se em fingir ser um arrogante detetive de filme *"noir"*.

— Oh, desculpe. Não acontecerá novamente — brincou André.

— Muito bem, pai. Já estudei sobre o Halley. Não estou me referindo à sua passagem há duas décadas. Nem à data de seu descobrimento, em 246 a.c. Ele pode ser visto do nosso planeta a cada 76 anos. Por isto, refiro-me, sim, ao ano de 1910, ano em que tudo começou. Vamos aos fatos!

Layla contou aos pais a história da bisavó, enquanto o trem percorria paisagens e campos lusitanos. Quem sabe curioso para ouvir o relato, o sol apareceu tímido, iluminando o final de tarde.

━━━✧━━━

Ana Clara e o menino moravam na mesma aldeia, mas só se conheciam de vista. O pequeno povoado foi surpreendido, em uma noite, pelo aparecimento do luminoso cometa.

Quando a mãe do garoto acordou-o no meio da madrugada para ver o cometa, ele não esperava encontrar um espetáculo tão maravilhoso: da varanda de sua casa via-se a grande e brilhante estrela com um comprido rastro luminoso no céu. A visão estendia-se de horizonte a horizonte. Muito grande e

O Cometa Halley, o Fim do Mundo e Duas Crianças

brilhante, o Cometa Halley aparecia exatamente como nos desenhos representando o fenômeno. Naquele tempo, na aldeia sem poluição e sem luz elétrica, a noite era realmente escura, o que possibilitava a visão tão clara e impressionante do astro.

Durante alguns dias, enquanto era visível, o cometa alterou a tranqüilidade tradicional da aldeia. A população saudável e robusta, cuja principal atividade era a agricultura de subsistência, a criação de carneiros e a produção de queijos artesanais e lã, chegou a temer pela vida. Afinal, até os jornais relacionavam o fim do mundo ao aparecimento do cometa.

Ana Clara e o garoto freqüentavam a escola local, e a "estrela" era assunto de toda a aldeia. O povo do lugar parecia estar com medo. Muitos diziam que o final dos tempos chegaria quando o cometa desaparecesse do céu.

Durante o intervalo das aulas, o garoto aproximou-se de Ana Clara para conversar. Discutiram o final dos tempos. Nenhum deles acreditava nessa hipótese, mas alguns colegas falavam como se fosse certo o acontecimento. Os dois estavam, na verdade, fascinados pela beleza do astro e interpretavam sua aparição como um fato positivo. Ficaram amigos e passaram a conversar sempre depois da aula.

Chegou, então, o dia fatal. Anunciava-se para aquela noite o fim do Halley. O menino procurou Ana Clara e disse que, se o mundo não acabasse, os dois se casariam no futuro, quando fossem adultos. A menina não discordou. Ao contrário, afirmou a mesma intenção de sua parte.

À noite, escaparam depois do jantar para poder admirar, de mãos dadas, a sua "estrela da sorte", que não mais apareceria depois. Na povoação, muita gente fugiu para o campo para esperar a morte, pois tinha medo de que as casas caíssem sobre suas cabeças. Mais tarde, a mãe do menino disse à família que ficariam em casa mesmo. Não acreditava no fim do mundo. Disse, brincando, que, afinal, se o mundo tivesse mesmo de acabar, tanto acabava no campo como em casa.

Aconteceu que, durante a noite, caiu uma grande tempestade e o povo, que tinha fugido, voltou para casa para se abrigar da chuva. O mundo, é claro, não acabou.

O menino, no dia seguinte, procurou Ana Clara para lembrar do pacto: um dia se casariam.

O tempo passou e nenhum dos dois esqueceu-se da promessa de casamento. Não namoravam ainda, mas se consideravam prometidos. Sempre que podiam, passavam muito tempo juntos conversando. Quando Ana fez 15 anos, sua mãe chamou-a e lhe entregou a relíquia de família: o medalhão que pertencera a muitas gerações. Na mesma tarde, ela mostrou orgulhosa a jóia ao rapazinho. Ganhar a medalha significava que já era uma moça. Logo, poderiam pensar em anunciar que um dia se casariam.

A vida cotidiana na aldeia quase sem recursos era difícil. O rapaz trabalhava bastante no campo como pastor de ovelhas, ao lado do pai, e Ana Clara ajudava a mãe a cuidar do pequeno comércio e dos irmãos. No entanto, estavam felizes juntos.

A harmonia de suas vidas foi quebrada quando, um ano depois, o rapaz veio comunicar com aflição:

— Meu pai resolveu ir para o Brasil e decidiu que eu partirei com ele.

A identidade do apaixonado estava revelada afinal: era Antônio, o avô de Maria Isabel!

Capítulo 13

Saudade, Imigração e Destino

*Não pude, ao menos,
Seguir-te como um rastro de cometa.
Então, virei poema.*

☙❦❧

Videmonte chorava o desconsolo do casal. Chovia muito quando Ana Clara viu Antônio pela última vez na aldeia. Ambos, inconformados, pensavam em alguma alternativa. Não havia. Prometeram, então, que Antônio voltaria ou mandaria no futuro buscar Ana Clara. Só a fonte presenciou o último beijo.

A aflita e perturbadora cena da despedida entre Antônio e sua mãe nunca mais saiu da memória do jovem pastor. A carroça, que levaria pai e filho à Guarda para pegar transporte até o porto de Lisboa, ia sumindo no horizonte da aldeia, e o rapaz ainda ouvia ao longe os gritos desesperados da mãe a chamar por seu nome. Lá se iam o marido e o filho tão amados.

Na esperança de encontrar um rumo melhor para suas vidas, o pai de Antônio pretendia estabelecer-se no Brasil e, depois, mandar buscar a mulher e o restante da família. O que ele não sabia é que nunca mais voltaria a ver a esposa.

Desnecessário descrever detalhes do quão profundamente triste ficou Ana Clara, depois da partida. A vida na aldeia tornara-se um fardo. Sem Antônio, Videmonte não era mais seu lugar. Fantasiava comprar passagem para o Brasil e encontrar o amado. Quando chegasse, ele estaria esperando por ela no porto.

Vivia a sonhar com o país tão distante e quente. Seu medo era de que Antônio a esquecesse. Em São Paulo haveria de ter outras moças bonitas a despertar a atenção do jovem alto e moreno. Moças capazes de preencher a solidão de seu coração português.

Um dia, enquanto costurava, Ana Clara recebeu correspondência procedente do Brasil. Na primeira carta enviada por Antônio, ele contou sobre a viagem, a angústia de estar sozinho, o primeiro trabalho no novo país. Lembrou de muitos fatos vividos pelos dois namorados no passado.

Antônio e o pai alojaram-se em acomodações precárias no navio. Como eles, muitos viajavam por cerca de quinze dias, para alcançar a nova terra. Ao chegarem ao porto de Santos, entraram oficialmente como imigrantes. Pegaram o trem para São Paulo. Um conhecido veio ao encontro deles. Pai e filho arrumaram emprego para colocar trilhos de trem. O trabalho era árduo. Antônio sentia saudades de casa, da mãe e, especialmente, de Ana Clara.

Ao final, Antônio manifestou confiança de que a promessa feita na noite do cometa seria cumprida.

"O oceano não separa um coração inteiro", escreveu ele na primeira carta. Ana Clara pegou a tesoura da caixinha de costura e recortou este trecho da carta. Abriu o medalhão vazio e nele depositou sua relíquia: o papelzinho com a mensagem de amor.

Ana Clara, sempre que possível, lia todas as informações que chegavam sobre o Brasil. Queria conhecer a longínqua terra que abrigava Antônio. Imaginava constantemente os lugares descritos por ele na correspondência.

Depois de quase um ano, a mãe de Antônio morreu. Ana Clara pensava na aflição de Antônio quando, no Brasil, recebesse a notícia. No funeral, profundamente triste, a moça chorou por aquela que já, no íntimo, considerava uma pessoa da família.

Nas cartas seguintes, Antônio lamentou com imensa tristeza a morte da mãe. Foi um golpe muito duro em sua vida. Queria estar na aldeia. Os tempos idílicos de infância e adolescência em Videmonte ficariam registrados em sua memória até o dia de sua morte.

Três anos se passaram. Antônio e Ana Clara tinham 19 anos. As cartas continuaram a chegar a Videmonte. Não se pode esquecer que vinham de navio e demoravam muito para alcançar o seu destino. Ana Clara guardava-as na caixa de madeira forrada com tecido amarelo.

Antônio arrumara novos trabalhos, como o de cobrador de bonde elétrico. Contou que a cidade de São Paulo crescia rapidamente. Ele e o pai pretendiam mandar vir, assim que tivessem oportunidade, os irmãos de Antônio que ficaram na aldeia com as tias.

Ana Clara, que perdera cedo o pai, morava com a tia, a mãe, quatro irmãs e dois irmãos. Rosa nem imaginava a batalha emocional enfrentada pela filha.

Um dia, as mulheres da casa agitaram-se quando, em um domingo frio, o jovem Henrique fora até sua casa. O rapaz, atlético e dono de bela voz, entrou sem jeito quando abriram a porta. Chamou a senhora Rosa, e eles conversaram por dez minutos sozinhos na saleta da lareira. Logo a seguir, a moça foi chamada à presença da mãe. Henrique havia pedido a mão de Ana Clara em casamento. A união agradava particularmente a família.

Visivelmente perturbada, Ana Clara nada respondeu. Não poderia aceitar. Ninguém sabia, mas já estava prometida em casamento para o amor de sua vida. Uma promessa de nove anos, que teve por testemunha o luminoso cometa. Quando

Por Que Portugal?

Henrique saiu sem uma resposta, Ana Clara manifestou intenção de não se casar com ele. Rosa não entendeu e quis saber o motivo. A filha explicou que não gostava dele, embora fosse um excelente rapaz.

Rosa insistiu e pediu para a filha pensar mais sobre o assunto. Depois voltariam a conversar.

Ana Clara não pretendia rever sua posição. Raciocinava que, mais cedo ou mais tarde, iriam arrumar outro pretendente para ela. Precisava avisar Antônio.

O destino, muitas vezes, providencia a solução para problemas difíceis. No final da semana seguinte, uma prima de segundo grau de Ana Clara chegou contando novidades. Iria visitar os parentes no Brasil. Seu pai, no entanto, não queria que fosse sozinha. Viera até lá para convidar Rosa a acompanhá-la. Rosa recusou imediatamente. Não largaria a pequena loja de comércio e os filhos por tanto tempo. Impossível.

Ana Clara ouvira a conversa quando descia pela escada. Muito esperta, a moça fingiu que nada escutara. Entrou na sala, cumprimentou a prima Jacinta e se sentou. Como quem não está dando importância à notícia, perguntou para a prima por que não levava a sua irmã mais nova na viagem como companhia. Ana Clara sabia que sua irmã não aceitaria ficar longe de casa. Tinha pouca idade, 13 anos, e não ficaria afastada da mãe.

A prima Jacinta achou a idéia boa, mas manifestou preferência em levar Ana Clara, pois costumavam se dar muito bem. Esta, por sua vez, não demonstrou qualquer entusiasmo pela proposta, para não transparecer sua imensa vontade de aproveitar a oportunidade.

Rosa concordou com Jacinta. Seria bom para Ana Clara tomar novos ares. Afinal, precisava refletir sobre o pedido de casamento e teria tempo para isso. Afora sua tristeza ultimamente.

Ana Clara escreveu imediatamente para Antônio. Partiria em um mês. Ele deveria procurá-la na casa dos parentes (enviou o endereço), a pretexto de ter notícias da aldeia natal. Dessa forma, decidiriam o que fazer de suas vidas.

Antônio exultou de alegria ao saber da notícia.

Ana Clara saiu da aldeia levando consigo tudo o que considerava importante. Esqueceu-se, porém, da caixa amarela. Na saída, beijou carinhosamente a mãe e as irmãs. Pretendia vê-las assim que possível; e trazendo seu futuro marido Antônio pelo braço.

Ao desembarcarem em Santos, Jacinta, Ana Clara e alguns parentes pegaram o trem para São Paulo. Chegaram à Estação da Luz, que tanto impressionou Ana Clara pela imponência e beleza. Alguém contou a ela que a estação fora construída com material totalmente vindo da Inglaterra.

Os parentes de Ana Clara viviam no bairro onde hoje é o Brás. Antônio e o pai deveriam visitá-la em dois dias. A moça, no entanto, adoeceu por causa da viagem. A visita teria de ser adiada.

Cinco dias depois do previsto, Antônio apareceu. Ana Clara arrumara-se especialmente para a ocasião. Na pouca bagagem que trouxera, reservara um vestido branco (que achava o mais bonito) para esperar o amor de infância.

Muito difícil descrever a emoção do reencontro. Silenciosamente, os dois disseram com o olhar tudo o que estavam sentindo. Não poderiam manifestar mais nada. Ninguém sabia que o encontro era combinado.

Antônio passou a ir assiduamente até a casa. Ambos agiram como se o namoro estivesse começando no Brasil. O relacionamento foi imediatamente comunicado à senhora Rosa por carta. A mãe respondeu mandando a filha voltar.

Outra carta de Ana Clara informava à mãe que não pretendia retornar a Portugal. Antônio a pedira em casamento e

Por Que Portugal?

ela aceitara. Não havia alternativa. Rosa, a contra gosto, encaixotou o enxoval de Ana Clara e o despachou para o Brasil. Queria a felicidade da filha.

Enquanto o casamento não acontecia, Ana Clara arranjou emprego em um hotel como passadeira. Muitas vezes, as outras funcionárias faziam sua parte no trabalho. Como era a única que sabia ler bem e escrever, as moças lhe pediam para que lesse romances para elas, durante o serviço; em troca, passariam sua pilha de roupas.

Antônio e Ana Clara casaram-se logo depois, apaixonados. Os primeiros anos de vida foram muito difíceis. Com muito sacrifício, montaram o primeiro negócio (um armazém). Perderam tudo quando o estabelecimento foi saqueado em 1924, por causa de uma revolta com participação de militares na cidade de São Paulo. O casal e o bebê recém-nascido ficaram com a roupa do corpo. Recomeçaram do zero.

Superaram unidos os problemas e prosseguiram a vida. Dificuldades passaram muitas, alegrias também. Formaram numerosa família. Nunca mais voltaram para a Europa.

Em seus setenta anos juntos, conviveram com fatos importantes da história do mundo. Viram, desde os primórdios, o aparecimento de carros, aviões e das viagens espaciais. Passaram por transformações sociais, guerras, revoluções, grandes descobertas científicas e humanas e o surgimento da informática. Sempre juntos!

Afinal, o oceano não foi capaz de os separar.

O trem chegou a Lisboa.

— Obrigada, minha filha — declarou Maria Isabel com cara de choro.

— Só você mesma é quem poderia me trazer essa alegria. Foi como se meus avós estivessem aqui comigo hoje — parou a frase no meio por causa da emoção.

Depois, Maria Isabel contou que, na ocasião da volta do Cometa Halley, em 1986, os dois avós estavam apreensivos e muito felizes. Contavam a todos que já tinham visto a passagem do astro quando crianças. Deram até uma entrevista para a televisão, em São Paulo, falando de como era o cometa em 1910. Foram ao campo para ver melhor, como chamavam, "a estrela da sorte". Infelizmente, a visibilidade do cometa não foi a esperada.

— Meu avô, sempre bem humorado, não perdeu a esportiva — narrou Maria Isabel.

— Disse, na ocasião, que, se não deu para ver daquela vez, ele e a mulher veriam da próxima, daí a 76 anos.

Desceram do trem na moderna Estação Oriente, no Parque das Nações, em Lisboa. Layla, alegre com o fato de finalmente ter resgatado toda a história centenária dos bisavós, agarrou-se a ela como um sinal de esperança. Mais do que nunca, considerava viável o reencontro com John.

Capítulo 14

ADEUS!

Que eu sempre ouse desvendar novos caminhos,
Para encontrar-me inteira no final.

☙❧

— Meninas, em nosso último dia de viagem, serei escravo das duas mulheres que amo — anunciou André.
— Eu escolhi o roteiro da viagem até agora. Sendo assim, vocês têm o direito (e me farão o favor) de decidir todos os passeios de hoje — afirmou, imaginando conformadamente passar o dia vendo lojas.

A notícia promissora agradou as duas, que checaram alguns folhetos de turismo no hotel e planejaram o dia. Maria Isabel escolheu visitar o Museu Calouste Gulbenkian, considerado por muitos como um dos significativos acervos de arte da Europa.

Layla sugeriu andar pela cidade sem muito destino. Parariam onde achassem interessante. Em especial, gostaria de rever o Tejo. Desde sua chegada, as cores do rio ao pôr-do-sol inspiravam sua mente juvenil.

Antes de sair do hotel, a jovem checou a caixa postal na internet. Decepção. Nenhuma mensagem de John, que já deveria estar em Londres. Ansiava por contar suas descobertas a respeito da história da família.

Adeus!

O pensamento perturbador de que John a esquecera voltou a sua cabeça.

— Sou mesmo uma boba. Ele nem deve mais lembrar meu rosto. Na Inglaterra, quando voltar ao colégio, ele nem mencionará meu nome, por ter esquecido. Serei sempre aquela garotinha brasileira que conheceu em Portugal, nada mais — divagava Layla.

Para ela, seria o oposto. Jamais esqueceria seu ruivo inglês. Ainda que nunca mais se vissem, ele já entrara para a sua história de vida como um dos personagens principais. Mesmo que se casasse com outro, Portugal nunca seria esquecido.

A decisão de só entrar em contato se John o fizesse antes foi mantida.

Começariam o dia pelo museu.

O Museu Calouste Gulbenkian situa-se em um grande parque, com pequenos lagos no jardim. Abriga eclética e valiosa coleção de cerca de seis mil obras de arte, dentre quadros, porcelanas, vidros, jóias, esculturas e manuscritos. Quatro mil anos de arte estão presentes em suas peças, dispostas em galerias organizadas por ordem cronológica e geográfica. O acervo particular foi deixado pelo rico magnata armênio do petróleo, Calouste Gulbenkian, como legado cultural à cidade de Lisboa.

Maria Isabel e André passeavam pelo museu de mãos dadas. Layla, mais à frente, admirava uma estátua de bronze, que datava do Século 8 a.C.

Depois, já nos jardins, a adolescente caminhava silenciosa, refletindo a respeito de tudo o que vivenciara na viagem até agora.

— E pensar que, a princípio, não queria vir. Teria perdido a maior aventura de minha vida — conjecturou.

Ao entrar em Portugal, um mundo novo descortinou-se à sua frente. Em curtíssima trajetória pelo país, conheceu mais do que lugares bonitos, sabores e aromas; resgatou o legado

Por Que Portugal?

de um passado que desconhecia; e, o mais importante, encontrou o primeiro (e definitivo?) amor. Recordava cada instante vivido em solo lusitano. Em sua chegada, temera que a viagem fosse apenas uma sucessão de prédios históricos. O desenrolar dos acontecimentos provou o contrário.

Em sua alma, encontrava-se definitivamente impregnada a poesia portuguesa. A lembrança do bisavô Antônio a surpreendeu. Ele teve saudades de sua aldeia por toda a vida, conforme contara Maria Isabel. Layla jamais esqueceria Portugal.

— Layla! — chamou André.
— Layla! — insistiu.
— Desculpe. Minha cabeça estava em outro lugar.
— Em Londres, talvez — brincou André.
— Pode ser — desconversou ela.
— Vamos andando! O dia é curto para aproveitarmos o que a bela Lisboa ainda tem para nos oferecer.
— André! Veja! — exclamou Maria Isabel.
— O quê?
— O cartaz à sua direita.

Uma propaganda anunciava a apresentação do grupo musical português mais apreciado por Maria Isabel.

— Será que daria tempo de assistirmos ao show do quinteto hoje à noite?
— Pode ser. Tentarei arrumar ingressos no hotel.

Naquele dia, os três foram ao centro da cidade. Passearam descompromissadamente e parando para ver alguma coisa que chamasse a atenção.

Layla entrou em uma livraria, enquanto Maria Isabel, numa loja ao lado e sob os protestos do marido, comprou uma colcha de cama belíssima.

— Vou levar na viagem, nem que seja necessário carregar na mão — exagerou Maria Isabel.

O tempo era curto e a iminência da partida dava aquela sensação de "quero mais". Os três faziam um balanço da

Adeus!

viagem e sabiam que faltava muita coisa para conhecer em Portugal. Não tinham ido ao Faro (no Algarve), ao Porto, a Vila Real, Braga e Évora, dentre outras localidades turísticas. Entretanto, é sempre assim, não é? A gente aproveita o que pode, no tempo que nos é dado.

Em Belém, permaneceram parte da tarde no contemporâneo e arrojado prédio do Centro Cultural. Muita gente bonita circulava pelas lojas de design e os cafés. Nenhum rapaz mais bonito do que John, na opinião de Layla. Fecharam a tarde com a maciez do Pastel de Belém.

Layla viu, pela última vez, o pôr-do-sol no Tejo.

Permanecera quieta quase todo o dia.

A família voltou para o hotel ao anoitecer. Precisava arrumar as malas para partir bem cedo, no outro dia.

Na volta, as mesmas roupas pareciam não caber mais nas malas que as trouxeram. No quarto, Layla tropeçava nas coisas. Estava uma bagunça generalizada.

Tarefa cumprida. Quase tudo guardado. De fora, só as roupas que usaria na viagem de volta. Na banqueta, o minibichinho de pelúcia, presente de John no Oceanário, encarava Layla. A garota guardou cuidadosamente sua pequena lembrança.

André conseguira os ingressos para o show, para felicidade de Maria Isabel.

— A despedida perfeita — falou Maria Isabel, ao receber os ingressos de André.

— Obrigada por tudo — agradeceu com um beijo.

— Eu disse que hoje faria todas as vontades de vocês, não disse? Mas vou avisando, não acostumem.

Música de boa qualidade embalou a noite.

Layla ouvia a sonoridade das letras e só conseguia pensar em John. De vez em quando, segurava sem perceber a medalha em forma de coração, que estava em seu pescoço desde Coimbra.

Por Que Portugal?

Melancólica, quando voltou ao hotel, imediatamente entrou na internet.

A caixa postal dessa vez não a decepcionou. Lá estava um e-mail de Londres.

— Layla, não sei exatamente quando tive a infeliz idéia de me apaixonar por alguém que mora do outro lado do Atlântico. Sei que ainda está em Portugal (se me lembro, você volta amanhã para o Brasil). Não escrevi antes porque não queria estragar seus últimos dias de viagem.

O coração de Layla literalmente gelou. Suas suspeitas confirmavam-se. Ela não sabia se queria continuar lendo o e-mail. Óbvio, prosseguiu...

— Minha **saudade** (lembra-se? Você me ensinou que só existe "saudade" em português. Por isto, escrevo a palavra na sua língua e não na minha.) era tamanha, que a minha melancolia poderia ser contagiosa. Não consegui ficar um minuto sem pensar em você.

Layla voltou a respirar.

— No instante seguinte que seu trem saiu, percebi que meu lugar era ao seu lado. Sei que somos jovens. Não sou estúpido. Você poderá conhecer em breve outra pessoa e seguir sua vida. As pessoas, de maneira geral, costumam dizer que amor de adolescência não dura; que é passageiro. Pode ser, mas só eu conheço a intensidade do sentimento que aperta meu peito agora. Nunca duvide da força e da sinceridade do que estou falando. Tenha paciência e farei de tudo para nos encontrarmos novamente. Não sei bem como, mas vou dar um jeito. A dúvida que tenho, no momento, é se eu represento para você a mesma coisa. Quando não recebi qualquer e-mail seu, fiquei imaginando se você ainda sentia algo por mim. Você ainda quer que a caneta escreva nosso destino juntos? Eu, sim. Beijo grande.

Adeus!

Layla, estática, relia milhões de vezes cada palavra. Se ela queria escrever o destino deles juntos? Que pergunta....

— Ele gosta mesmo de mim — repetia, dançando na cadeira e levantando os braços esticados. Olhou para trás para ver se ninguém tinha visto.

Responderia imediatamente. Havia tanto pra falar. Para sua imensa sorte, um aviso indicou que John estava on-line naquele instante.

Nem é preciso ser muito adivinho para saber que conversaram por mensagens durante um tempão.

Ela contou tudo, detalhadamente, o que aconteceu depois que os dois se separaram. Falou de saudades, renovou esperanças. Contou a história dos bisavós e do medalhão. Ficaram juntos afinal (e olha que, naquele tempo, era bem mais difícil).

Maria Isabel, por absoluta necessidade, estragou a alegria. Entrou na sala e pediu para Layla subir. Acordariam praticamente de madrugada para pegar o avião.

Contra a vontade, Layla despediu-se. Continuariam a se falar melhor (com microfone e webcam) quando ela chegasse ao Brasil.

Último dia! O avião decolou. O sol brilhava claro no céu. Lisboa podia ser vista da janela. Adeus...Adeus... Avançavam pelo imenso mar da costa portuguesa, o oceano que separa continentes, mas não é largo o suficiente para apartar o amor.

A adolescente respirou fundo. Uma nova etapa de sua vida começara em Portugal.

Daí a menos de um mês, no aniversário de 15 anos, Layla ganhou o medalhão. Dentro colocou a relíquia mais sagrada: a esperança!

Por Que Portugal?

Anotações de Viagem de Layla

1) Palavras e expressões

Brasil	Portugal
metrô	metro
trem	comboio
vagão	carruagem
ônibus	autocarro
ponto de ônibus	paragem
pedestre	peão
elevador	ascensor
sobrenome	apelido
banheiro	casa de banho
banheiro público	lavabo ou retrete
cardápio	ementa
restaurantes econômicos	tascas
meia porção	meia dose
café da manhã	pequeno almoço
aperitivos	tapas
subsolo	cave
xícara	chávena
terremoto	terramoto
loja de doces/confeitaria	pastelaria
camiseta	T-Shirt
calcinha feminina	cueca
pedágio	portagem
estacionamento	parque de estacionamento
durex	fita-cola
sotaque	acento
fumante	fumador
até logo, tchau	adeus, adeuzinho
banca de revistas	quiosque

Adeus!

chácara ou sítio	quinta
fechado	encerrado
calçada	passeio
andar (de edifício)	piso
torta doce ou salgada	tarte
doce feito de massa	pastel

2) Cometa Halley (e mitos sobre cometas)

Cometas, mistérios desvendados aos poucos pela ciência, ainda atraem a atenção milenar do ser humano. Os romanos antigos acreditavam, seriamente, que o grande cometa aparecido nos funerais de Júlio César, em 44 a.C., era a sua alma destacada de seu corpo por Vênus e levada para a região dos astros. Os cometas foram, por bastante tempo, sinal de morte de nobres e outras desgraças; ou de avisos positivos.

O Cometa de Halley foi o primeiro a ser reconhecido como periódico, em 1696, por Edmond Halley. O primeiro registro de sua aparição foi em 240 a.C. O astro foi visível a olho nu em todas as 30 aparições registradas, sendo que, em algumas delas, seu brilho e tamanho superaram os de qualquer estrela no céu, como nos anos de 607, 837, 1835 e 1910. O Halley foi estudado em sua última aparição, em 1986, por naves e sondas espaciais.

Em 1910, as reações, antes e durante a sua passagem — principalmente no Hemisfério Norte — foram ora cômicas, ora trágicas. Oportunistas venderam máscaras contra gás e muita gente vedou portas e janelas. A previsão dos astrônomos sobre seu aparecimento gerou especulações a respeito de sua colisão com o Planeta ou o envenenamento do ar por causa dos gases de sua cauda. Em maio daquele ano, os gazes cruzariam com a Terra. Não foram poucas as pessoas que vedaram portas e janelas, trancando-se em casa. Registraram-se, ainda, casos de suicídio.

Embora exista a possibilidade de colisão, segundo os astrônomos ela é de uma em um milhão. Os gases da cauda passando pela Terra não são maior problema do que algumas horas de poluição industrial. Portanto, o mundo não desapareceu, nem as pessoas foram envenenadas.

Outro mito envolvendo o Halley é o de que ele seria um tremendo assassino de reis. Quando o rei Eduardo VII da Grã-Bretanha morreu, em 1910, o boato recebeu novo combustível. É certo que o rei morreu por estar enfermo e se diz que já pensava até em abdicar, mas o cometa levou a fama. Outro fato conspirou para aumentar a lenda de má sorte para os soberanos: a monarquia de Portugal caiu em 1910 e o rei teve de se exilar na Inglaterra.

3) "Quentes e boas"!

Assim as vendedoras de castanhas assadas chamam a atenção dos passantes para seu esfumaçado carrinho. No inverno, nas esquinas e praças, o fruto do castanheiro é vendido quente em Portugal. Um ditado popular português diz que, em 11 de novembro, "no Dia de São Martinho, comem-se castanhas e toma-se vinho". A castanha é um alimento importante na Europa, desde a Pré-História. Assada, cozida ou feita farinha, era um valioso complemento alimentar no rigor do inverno. Em muitas regiões, principalmente nas Beiras (na qual a Guarda está incluída) e no Norte de Portugal, houve séculos em que a castanha chegou a ser consumida mais do que pão. O castanheiro é uma árvore de grande porte e significativa longevidade. A castanha, seu fruto, aparece aos 10 anos de vida da árvore e é formada dentro de um ouriço. Depois de assada ou cozida e tirada a pele escura, é macia e ligeiramente adocicada. Em Videmonte, no inverno, na época de meu bisavô, assavam-se as castanhas nas lareiras das casas.

4) Reis de Portugal

Importante assinalar que, diferentemente de outros países da Europa, em Portugal as mulheres podiam receber o nome e o patrimônio da família na falta de herdeiro varão.

Os dados aqui transcritos levam em conta a divisão tradicional de Portugal, que separa as famílias reinantes lusitanas em quatro dinastias:
- Primeira Dinastia — de Borgonha ou Afonsina (1139 a 1383). Interregno — (1383 a 1385).
- Segunda Dinastia — de Avis ou Joanina (1385 a 1580).
- Terceira Dinastia — Filipina, Castelhana, de Habsburgo ou dos Áustrias (1581 a 1621). Os membros dessa dinastia tinham também o título genérico de Reis de Espanha. Eles foram representados em Portugal por vice-reis e vários governadores.
- Quarta Dinastia — de Bragança ou Brigantina (1640 a 1910)

5) Movimento de 1924, em São Paulo.

Data referida por meus bisavós, quando perderam tudo o que tinham por causa de um levante em São Paulo:

O movimento de 1924 foi de forte cunho militar. O levante envolveu regimentos militares de São Paulo e também teve a participação de professores, estudantes, comerciantes e funcionários públicos, além de instituições como a Associação Comercial, a Prefeitura Municipal, jornais e o aparato de segurança da cidade.

Os revoltosos expressavam sua insatisfação contra o então novo presidente da República, Artur Bernardes, e o alto custo de vida. Na verdade, o ano eleitoral havia acirrado a disputa partidária e as rixas entre a União e o governo estadual de Washington Luís.

Houve saques, bombardeios, incêndios pela cidade e a fuga desordenada de parte da população para o Interior. São Paulo ficou isolada e sem comunicação. O número de vítimas fatais, segundo estimativa do prefeito Firmino Pinto, foi de 500 pessoas, evidenciando a violência do episódio.

6) Números da imigração

Segundo dados do Memorial do Imigrante, do Governo do Estado de São Paulo, no início do Século 20, os anos de 1912 e 1913 foram os de entrada do maior número de imigrantes portugueses no Brasil. Em 1912, foram 76.530 portugueses imigrantes e, em 1913, o total foi de 76.701. No ano que Antônio veio para São Paulo, em 1916, foram registradas 11.981 pessoas de nacionalidade portuguesa. Desde sua fundação, o memorial vem desenvolvendo relevante trabalho no sentido de recuperar, preservar e levar ao conhecimento do público o processo migratório para o Estado de São Paulo.

Visitei o museu na volta da viagem a Portugal. O Memorial do Imigrante fica à rua Visconde de Parnaíba, 1.316, São Paulo — Capital. Ele está instalado no mesmo local onde, no passado, foi a Hospedaria dos Imigrantes. Trens transportavam os imigrantes do Porto de Santos diretamente para a Hospedaria, situada no bairro do Brás. Os recém-chegados desembarcavam e, muitas vezes, lá permaneciam em seus primeiros dias na cidade. No local, os imigrantes descansavam da longa viagem, tomavam banho, recebiam os primeiros atendimentos médicos e as vacinas necessárias. Alguns chegavam a permanecer por cerca de oito dias. Fiquei emocionada ao ver os registros e a exposição de objetos e fotos. Pude pesquisar nos computadores as origens de minha família. Descobri, ainda, como era o processo de chegada dos imigrantes, como arranjavam trabalho e os procedimentos adotados ao entrarem no País.

GRÁFICA PAYM
Tel. (011) 4392-3344
paym@terra.com.br